集英社オレンジ文庫

エプロン男子

今晩、出張シェフがうかがいます

山本　瑤

JN210996

Apron Danshi

エプロン男子

今晩、出張シェフがうかがいます

Apron Danshi Contents

イラスト／玉島ノン

第1話　夏芽のtable
～その男、エプロン姿上等につき～

apron.1

海斗

キッチンに、初対面の男が立っている。

わたしの狭いワンルームマンションの、さらに狭いキッチンに、身長百八十センチくらいの男が立ち、こちらを見ている。

五分ほど前にやってきた彼は、なんというか、非常に男くさい。上背《うわぜい》があり、天井がいつもよりずっと低く見える。薄手の洗いざらしのシャツに、汚れてはいないけれど着古したジーンズ。よく日に灼《や》けていて、切れ長の目つきは鋭く、唇は不機嫌そうに引き結ばれたままで、にこりともしない。なんでも嚙《か》み砕けそうなほどがっしりとした顎《あご》や、太くて長い首、おまけに短髪。何もかもが持て余す感じがして、わたしは、無理！と咄嗟《とっさ》に思った。

無理だよ、無理。

精神的に余裕がある時なら適当に合わせることができるかもしれないけど、わたし今、いっぱいいっぱいなんだよ?

身体《からだ》は鉛《なまり》のように重く、頭の中はぐちゃぐちゃで、なぜ彼のような大男が自分の家のキッチンに立っているのか、ひたすら混乱している。

いや、彼を呼んだのはわたしだ。

でも、昨夜は意識が朦朧《もうろう》として……ずいぶん投げやりになっていたし、自分が何をしようとしているのか、わかっていなかったのだ。

そして今、彼が現れたその瞬間から、わたしはひどく後悔している。

「あの、すみませんけど……」

「あんた、本当に食えんの?」

「――は?」

尊大な口調に、けれど不思議と腹が立たなかったのは、彼の目のせいかもしれない。

日に灼けた顔の中から、切れ長の瞳が、じっとわたしを見つめた。

とても気遣うように。

「メニュー変更していいっすか」

「……ええと……あぁ、はい」

わたしはつい、いつもの癖でよく考える前に頷《うなず》いてしまった。

いやいや、ちょっと待って?

主導権は、こちらにあるはずでしょ?

あの、と再び声をあげようとした時、彼が取り出した。

エプロンを。

「…………」

きちんとプレスされて皺《しわ》ひとつない。でも花柄。白地にピンクや黄の……ダリアだろうか、大きな花が、賑やかに散っている。

しかし、彼が、おもむろにそれを身につけ、素早く紐《ひも》を前で結び、シャツの袖をめくった時。

わたしは口を開けてぽかんとした。

エプロンをつけた男の人が、これほど眩《まぶ》しいなんて。

わたしは馬鹿《ばか》みたいに口を開けたまま、瞬《また》きもせず彼を見つめ、混乱した頭の片隅で、考えた。

やばい。わたし……わたし、やっぱり相当に、病《や》んでいる……。

病むには当然それなりの理由がある。

つい先日、まるまる三カ月を費やした企画を、上司にボツにされた。

悪いことは重なるもので、同じ日に、半年間費やした……じゃなくて、付き合っていた彼氏に振られた。捨てられた。

まず、仕事のほう。わたしを最近悩ませているのは、直属の上司である二条可奈子《にじょうかなこ》だ。

「夏芽《なつめ》ちゃん。この仕事、向いてないいんじゃない？」

冷たく言われるのは初めてじゃなかった。でも、さすがに、

「これじゃゴミ以下だよね」

その言葉は強烈すぎた。

わたしが勤めているのは小さなデザイン会社で、企業が外注するさまざまな商品のパッケージや広告、WEB《ウェブ》デザイン等を請け負っている。

わたしは二十歳《はたち》で二浪して美大に入り、新潟の田舎《いなか》から出てきた。そこからOGである二条可奈子のツテで、渋谷《しぶや》にある今の会社に入ったのだ。

可奈子に、本当にゴミみたいに手で払われ、ボツになったデザイン画を胸に抱えて会議室を出た。

思えばこの時にはすでに、胃が限界だったのかもしれない。朝食などもうずっとまともに食べておらず、出社してから甘いカフェモカとサンドウィッチかドーナツを食べるのが

習慣だった。でもこの日は、出社早々に二条可奈子に会議室に呼ばれ、かろうじて残っていた空腹感など消し飛んでしまった。

昼過ぎ、全体会議を終えて、資料を作成してから取引先に向かったため、昼食を摂《と》る時間がなかった。それもいつものことだった。胃薬を栄養ドリンクで流し込み、気力で今日いちにちを乗りきれると思った。

その夜、須藤《すどう》さんに別れを告げられたのだ。

しかもラインで。

待ち合わせの老舗《しにせ》洋食屋に、彼は現れなかった。電話すると彼は家にいて、携帯越しに知らない女の声が聞こえて、まぁよくある話なのかもしれないけれど、まさか自分がそんなふうに、恋人の不誠実さを知る日が来るなんて、とびっくりした。

まるでドラマみたい。

でもおかしいな。どうしてわたしは涙が出ないの。

そんなに好きじゃなかったのかな。

ううん、違う。ちゃんと好きだった。半年前に仕事の打ち上げで飲みに行ったその日に意気投合して、付き合うようになって、一緒にいると最高に楽しかった。だからホラ、涙は出ないけれど、足に力が入らない。

体中の血が、全部なくなったみたいに、足元がふらついて立っていられなくなった。だからタクシーで帰った。窓から後方に流れてゆく夜の明かりを見つめ、不思議と頭は冷静で、ああ、お互いに仕事忙しかったから、とか、最近はラインもデートも惰性《だせい》のようなものだったし、とか考えた。

でも、ひとり暮らしのワンルームのドアを開け、閉めた瞬間、わたしの中で何かが壊れた。

「……………」

異臭が充満している。よくテレビに出てくる片付けられない女の部屋、ほどではないけれど、忙しさを理由に掃除とは無縁の日々が続いていたせいだ。収集日に出せなかったゴミ袋の山ふたつのほか、冷蔵庫の脇に積まれた未開封のダンボールの中身が、真夏の密室の中で茹《ゆ》でられた状態になり、腐り、異臭を発している。その臭いに、唐突に、二条可奈子の香水の匂いが混ざった気がして、わたしはトイレに駆け込んで吐いた。吐くものがほとんどないことと、掃除をさぼっていたためにトイレ自体の不衛生な汚れが、わたしをさらに滅入《めい》らせる。

そして、顔を洗って鏡を見た時、思わずギャッと声をあげてしまった。

「ど、ど、どちら様……」

ひっつめた髪は乱れ、肌は、全体的に吹き出物で荒れている。顔は土気色《つちけいろ》で、瞳は淀《よど》んで灰色に濁《にご》っている。頰《ほお》の肉は落ち、目元も異様に落ち窪《くぼ》んでいる。

もちろん、これが今のわたし自身。

はは、と乾いた笑い声が閉塞《へいそく》的なバスルームの壁に吸い込まれてゆく。

つまりわたしも汚れている。腐っている。この部屋や、キッチンや、トイレみたいに。

(ゴミ以下だよね)

本当にそう。だから仕事はできないし、彼氏にも捨てられるんだろーか。

さらにどうしようもないのは、こんな状況なのに、わたしってば、まだどこかで、ラインの通知がこないかと耳をすましているのだ。

しかし耳が拾ったのは須藤さんからのラインの通知音ではなく、家の固定電話のほう。コール音数回で留守電に切り替わり、声が響いた。

『夏芽ー。あんた、今日もまだ帰ってないの？　前に送った荷物、ちゃんと届いてる？　それならそーと電話くらいしなさいよ、この親不孝もんが』

ひとしきりしゃべったあと、

『あ、母ですがぁ、うふふ』

と急によそ行きの声で、照れ笑いとともに続ける。わかってるっつーの。

『あんた、ちゃんと食べてるー？　肉ばっかとか外食ばっかせんでぇ、野菜もしっかり食べなさいね。はい、じゃあ、さよならね』

母の中では、わたしは未だに、母が作った唐揚《からあ》げが大好きで野菜が嫌いな女の子なのかもしれない。コンビニのおにぎりのほうが美味《おい》しいって言って怒らせた高校生のままなのかもしれない。

お母さん。

最近じゃあ、肉どころか、外食ですら、ちゃんとしてないよ。キッチンは物置になってるし、冷蔵庫には腐った食材、栄養ドリンクとビールしか入ってない。

それを知ったら、お母さん、泣くのかな。怒るのかな。

わたしは二十八歳の大人で、自立していて、夢だった仕事にも就けて、最近まで恋人だっていたはずだけど。

それなのに、今、こうして、トイレから出られずにいる。泣きたくても泣けないのは、きっと水分が足りないせいせい。

決めた。第一目標。トイレから出る。第二目標。何か食べて、飲む。

自分でも芝居がかってるなと思いながらも、わたしは、文字通り這《は》うようにしてトイレから出た。そしてようやく冷蔵庫に手を伸ばした時、携帯の通知音が鳴った。

ホーム画面にラインの通知が表示される。

須藤さんからだ。

『さっきはごめん』

『もう察してくれたと思うけど、』

『そういう事情だから』

『ほんとごめん』

なにが？

冷蔵庫を開けて、ビールを出し、冷凍庫から、唐揚げの袋を出してレンジで温める。それを次々に胃袋に入れながら文字を打つ。

「普通、ラインで別れようとか言う？」

『……ごめん。もちろん最後に会おう。俺の事情もちゃんと説明したいし』

最後に。俺の事情。

「いや、いいよ」

わたし、昔から、仕方がないことは、飲み込むことにしているの。でも飲み込んだものが、そのまま消えてなくなるわけじゃないんだよね。

それはわかっているのに……。

携帯を放置し、唐揚げを次々に口に運んだ。ビールで流し込み、テレビを点《つ》け、ごろりと横になった。

ずっと深夜の帰宅で、睡眠不足もあったと思う。わたしは、そのまま、寝てしまった。

「福原《ふくはら》さん。あなた、ちゃんと食べていらっしゃるの?」

爽《さわ》やかなお香の香りがして、爽やかな声が、優しくそんなことを訊《き》く。

わたし。今、夢を見ているんだ——。

これも現実逃避の一種なんだろう。わたしは確かに自分の汚れた狭い部屋にいて、うたた寝をしているのだけれど、夢の中では、まったく違う場所にいる。

そう、あれは一カ月くらい前……所沢《ところざわ》の山奥にある古民家だ。

円城寺雅《えんじょうじみやび》という、六十代の藍染《あいぞ》め作家が、ひとりきりで暮らしている。

わたしはその頃、国内の作家ものの生地を使用したファブリックを通販会社に提案・実用化するチームに所属していた。雅はわたしが担当する作家のうちのひとりだった。

雅は、なんというか非常に様子がいい女性だ。白いものが目立つ髪を短くスタイリッシュに切りそろえ、常に、自身の作品で仕立てた着物を粋《いき》に着こなしている。

古民家は機能的にリフォームされている。畳《たたみ》ではなく焦《こ》げ茶色のフローリングが敷かれ、縁側は広く奥行きがあり、窓は大きく開け放してある。目の前はこんもりと茂った林で、真夏でも涼やかな風が通り抜けてゆく。床も、家具も、米ぬかで丁寧に磨かれて、美しい藍染めの生地が壁やソファを飾る。

正直、都内から赴《おもむ》くには時間もかかるけれど、この家のソファに座り、一杯のお茶をいただくと、わたしはいつでも心身が浄化されるような清涼感を味わうのだ。

それは雅自身の佇《たたず》まいのせいかもしれない。彼女の作品と同じように、繊細で美しい顔立ちなのに、物言いはさっぱりとして凛《りん》としている。その彼女が、仕事の話の途中で、わたしを見つめ、訊いたのだ。

ちゃんと食べているのか、と。

わたしは咄嗟に、曖昧《あいまい》に笑った。

「最近はいい加減な感じですかねー。ちょっと忙しくて……食事のことは、どうしてもあと回しになっちゃってます」

「あら、駄目よ」

雅ははっきりと言った。

「食は生活の基本です」

そういう雅は自宅の敷地内で野菜を育て、どんなに忙しい時でも自炊《じすい》は欠かさないという。年齢にしては肌艶《はだつや》がよく、瞳は生き生きと輝いて、ひとり暮らしだけれど人生が充実している様子が、自然と伝わってくる。

わたしは正直に呟《つぶや》いた。

「憧れるんですけどね、先生のような暮らし」

「そう？　でもほんの五年前までは、わたくし、今より二十キロも太ってたのよ」

二十キロ!?　衝撃が顔に出てしまったのだろう、雅は、ふふっと悪戯《いたずら》っぽく笑った。

「それだけじゃないの。髪も脱毛がひどくて、いつも毛玉だらけのだぼっとしたトレーナーにゴム入りのスカートかズボン。食事はごはんだけ炊《た》いて、あとはスーパーの総菜の見切り品を適当にお皿に盛るだけ」

本当に？　いつもこんなに丁寧にお茶を淹《い》れてくれる人が？

「それで、夫に離婚されてね」

からりとした口調で雅は言う。

「おまえのようなだらしない女とはもう無理だって。確かに料理だけじゃなく掃除もいい加減で」

「……想像がつきません」

「本当のことよ。身体だけじゃなく心にも贅肉《ぜいにく》がついちゃってたの。人生のどん底みたいな気持ちで、すっかりやさぐれて。悪いことのすべてを人のせいにして。責めてばかりいて。そうなると夫だけじゃなくて、独立したひとり息子も友人も、みーんなわたくしから離れていったのよ」

確かに雅が藍染め作家として注目され始めたのはごく最近のことだ。それにしても。

「どうして……そんなに変わることができたんですか？」

「ふふ。教えない」

「ええっ……」

「だってつまらないでしょ？　答えは自分で見つけてこそ、答えになるんだもの」

雅は急に真顔になり、一枚の水色のカードのようなものを帯の間から取り出した。

「それは？」

「本当はあまり人に教えたくないの。でも福原さん、すごく一生懸命にやってくれたから。だから、わたくしからの、お礼の気持ちね」

落ちきらない藍が残る指先、でもしなやかな、働き者の手が、わたしにカードを渡す。

それから……雅は柔らかく微笑《ほほえ》んだんだった。ああどうして、あの時、彼女の微笑にどきりとしたんだろう。色香にも似ているけれど、もっとずっと晴れ晴れとした、あの微笑み。

「せんせー……」

そこで目が覚めた。自分の言葉に起きたのではなく、いきなり、喉《のど》に焼けつくような痛みを感じて、跳ね起きた。

ずっとまともに食べていなかった胃袋が、急に唐揚げとビールを詰め込まれ、悲鳴をあげたのだ。

胃酸が溢《あふ》れ、しかし横になっていたがために逆流し、また迫《せ》り上がり、喉を焼いた。わたしは激しく咳《せ》き込んで、その場に、食べたものを吐いた。酸《す》っぱくて刺激のある胃酸が喉と鼻の奥を焼いて、目の裏までヒリヒリと焼いた。視界がちかちかし、胃袋がねじ切れるほどの痛みに七転八倒《しちてんばっとう》しながら、数日後の新聞の小さな記事を想像した。

都会の片隅で、唐揚げとビールによって死亡し、死後数日で、出社しないことを不審に思った同僚か上司によって発見される自分。

二条可奈子に発見されるなんて嫌！

その一念で、携帯電話をつかんだ。自分で救急車くらい呼べる。かすむ瞳で必死にカバーを開けると、水色のカードがひらりと目の前に落ちてきた。

わたしは、かっと瞳を見張った。

後先はあまり考えなかった。震える指で、気づいたら、番号を押していた。

救急ではなく、『エデン』の電話番号を。

そうしてやってきたのが、彼、宇和島海斗《うわじまかいと》だ。

頭のてっぺんからつま先まで、わたし的に、〝あり得ない〟タイプの男。

「福原夏芽さん?」

「……は……い」

「どーも」

彼はぺこりとお辞儀をして、頭のタオルを取り去った。短髪で、それが似合いすぎていて逆に怖い。肩に大きな、真っ黒のボストンバッグ。死体にされてあそこに詰め込まれたらどうしよう……。

わたしが固まっていると、少し気まずそうに彼は名乗った。

「……〝エデン〟の宇和島です」

そうなのだ。

胃の内容物が逆流し、死にそうになりながらエデンの番号を押した。意識が朦朧としていたからあまりよく憶《おぼ》えていないけれど、電話の向こうの相手に、名前や住所、出身地などの個人情報をしゃべった。

初めてそんなことをしたのだし、電話番号を押した目的は明確であるはずが、実は、そのシステム自体、よくわかっていなかった。激しい胃痛と闘いながら、基本料金は二時間一万二千円で、指名料金は三千円加算であること、オプションもいくつか説明されたけれどよく憶えていない。

でも、雅は言っていなかったか？

全員、イケメン。

食事、最高。

彼は……世間一般的にいえば決して不細工ではないけれど、日に灼けすぎているし、筋肉がつきすぎている。無駄に体格がよく、目つきが鋭い。

わたしが昔から苦手な男のタイプだ。

まいったな。

それでもすぐに彼を帰すことができなかったのは、従来の、他人に対する気の弱さと……それから、あとになってから思ったことだけれど、彼が手にしているものが視界に入ったからかもしれない。

彼は、骨張った手に、エコバッグを提《さ》げていた。それは有名なチェーンのスーパーのものなので、十回レジ袋の使用を辞退するとポイントが溜まってもらえるものだ。利用者だから知っているわけじゃない。そのエコバッグのデザインを、わたしの会社が請け負ったことがあるから、知っていた。

非現実的なエデンのシステムと、今まで縁がなかったタイプの男性を、そのエコバッグが結びつけた。

加えて彼は、わたしに気遣いを見せた。

本当に食べられるのか。メニューを変更してもいいか……。

その眼差《まなざ》し。

とことん優しい、なんの計算も演技もなさそうな、温かみのある眼差し。

次いで、彼が、エプロンを身につけた。

白地にダリアの花柄の。

その瞬間、驚きと同時に、興味がわいた。

こういう人が作る料理って、どんなの？

そんなわたしの心の動きなど知らぬ様子で、彼はキッチンに立つ。そして訊いた。

「……ちょっと片付けていいですか」

ついさっきまで。本当に、部屋に赤の他人が来るということが現実的ではなかった。会社を休むなんて、入社二年目でインフルエンザにかかった冬以来のことだ。彼が来たのは昼前だったけれど、当然片付けてもいないし、家の中は他人が入れるレベルではない。わたし自身、かろうじて顔は洗ったものの、寝間着代わりのスウェットのままだ。コンタクトレンズも入れず眼鏡で、髪をひっつめにし、メイクもしていない。

でも、キッチンの惨状《さんじょう》も部屋の惨状も、わたし自身の惨状も、見られたってどうでもいい……わたしの中で、何かが麻痺《まひ》してしまっている。

「何をどう使ってくれても構わないです」

消え入りそうな声で言うと、彼は頷いた。

宇和島海斗はまず、無言のままキッチンを片付け始めた。わたしは自宅でほとんど料理をしないけれど、マグカップやグラス、小皿程度は使っている。彼は黒カビだらけのぬめった水切りカゴを洗い、二日分くらい溜まった食器を洗った。驚いたことに、スポンジや洗剤は持参してきていた。それらを拭くクロスもだ。

ワンルームだから、ソファに座っていれば、彼の様子を観察できる。

本当に、あんなところでまともなものが作れるの？　たとえ汚れていなかったとしても、よくある単身者向けのマンションの台所だから、とにかく狭いし、コンロは二口しかない。

わたしはソファで膝《ひざ》を抱え、雑誌をめくるフリをしながら、彼の動きを見ていた。

奇妙だな。

他人が家にいるのに、わたしってば開き直りとも思える態度で、ふてぶてしい。普段なら考えられない、この不遜《ふそん》さは、お金を払うのだから、という一点につきるのかもしれない。

そう。わたしはお客。彼はサービスを提供する側。

エデン。キッチンのイケメンたち。つまり、見た目がいい男性が、家にやってきて、リクエスト通りの料理を作ってくれるというシステムらしい。

利用客の性別は問わないが、派遣されるのは男性シェフ。特別に高価な食材以外の食費は代金に含まれる。都内近郊限定で交通費も込みだ。あとは、食に関係することなら、オプションで追加できるとか。三日分くらいの食事の作り置きや常備菜の追加、本当はキッチンの清掃もオプションのはずだ。

先ほど急いで確認したエデンのWEBサイトにそんなことが書いてあった。

でもあの人……海斗は、掃除のオプションのことは何も言わない。本当に黙々と、片付けをしている。出しっ放しの食器を片付け、水垢《あか》がこびりついた流しまで磨いている。

つまり料理をするにあたって、やむを得ず、清潔なスペースを確保するために、必要な工程なのだろう。

それにしても、花柄のエプロン――。

あれを躊躇《ちゅうちょ》なく身につけ、背後から腰に回した紐を、一瞬で綺麗《きれい》に結んだ、あの早業《はやわざ》。

改めて見れば脚《あし》は長く、姿勢がとてもいい。袖をめくったシャツから、骨ばった太い腕が見える。

どうしてこんなにも目を奪われるのかわからないまま、見つめていると。突然、彼がこちらを向いた。

「それで、メニューだけど」

と彼は切り出した。仮にもお客に向かって、愛想《あいそ》のかけらもない。

「はい……」

「オムライス」

「は?」

「リクエストの、オムライス」

「………」

そうだった。朦朧とするまま、事前にリクエストしたのは、絶品のオムライスが食べたい、だった気がする。

つまり、須藤さんと昨夜食べるはずだった。

「本当に変更してもいいっすか?」

彼は念を押すように訊いた。

「いいけど……でも、どうして？」

「なんだか、あんた、ギリギリに見えるから」

「どっ……何がよ」

わたしは急に、自分や部屋の惨状が恥ずかしくなり、耳まで赤くなった。

「ギリギリって」

「胃袋」

「はあっ……？」

「調子悪そう。オムライスなんて食える感じじゃない」

咄嗟に、なんて返答をしていいかわからなかった。急に、またあの酸っぱい胃液が上ってくるような気がして口を押さえる。確かに、オムライスが食べられる状態じゃない。

「……変更して」

低く呟くように言うと、海斗は頷いた。

「何がいい？」

「なんでも……いや、わからない」

何が食べたいのか。食べられるのか。

海斗は、呆《あき》れた顔などしなかった。笑いもしなかった。にこりとも。それなのに、

「じゃあ、俺が考えてもいい？」

そう訊く声は優しい。

わたしはただ、頷いた。おっけ、と海斗は短く答える。それから、思い出したように。

「あのダンボール」

と、冷蔵庫の脇に置かれた未開封のダンボールを指差した。

「中身、野菜じゃね？」

隠していた悪事を暴かれたかのように、わたしはどきりとした。

「ど、どうしてわかるの」

「キャベツ。悪くなりかけの臭いしてる」

「それは……」

罪悪感にうつむき、唇を噛む。すると海斗が、意外なことを言った。

「中、開けてみていいっすか？」

「どうして？」

「もてあましてそうだから。まだ使えるものがあったら、使う。できるだけ」

わたしは、すぐに頷いていた。

「お願い……します」

おっけ、とまた海斗は短く言った。それからダンボールのところまで行き、ガムテープを剝《は》がす。送ってきたのは母で、里の住所や宛名が書かれた送り状もそのままになっている。

定期的に届く大きなダンボール。いつも詰まっているものは似たようなもので、いつも、特に野菜を腐らせて捨ててしまう。それでもさすがに未開封のままでいることは初めてだった。そのくらい、最近の生活は荒《すさ》んでいた。寝に帰るための部屋だった。

大きな手が、キャベツをつかみあげる。腐って汚臭《おしゅう》を発している。

「……捨ててください」

小さな声で言うと、海斗はなんで？　と問うようにこちらを見た。

「半分はまだ使える。こっちの野菜も……インゲンやキュウリはダメだけど芋《いも》はなんとか」

「……任せます」

「うん」

海斗は不快そうな顔ひとつせず、ダンボールの中身をあらためた。実家は野菜のほかに米を作っている。一度に送ると悪くするんだろうと言って、母は定期的に少量ずつを紙袋に入れてダンボールに詰める。それすらも、最近は食べていなかった。炊飯器にクモの巣が張っていても驚かない。

「これ」

海斗は一通り野菜を選別したあと、茶封筒をわたしに手渡した。中身には興味を示すこともなく、キッチンに戻る。持参した大きな黒いバッグから取り出したものを見て驚いた。マイ包丁……それは何となくわかる。もうひとつは、土鍋だ。

オーダーしたのはオムライスなのに、土鍋を持ち歩いているの？　なんで？

もしかしたら大きなバッグの中には鍋やフライパンやその他想像もつかない調理道具が入っているのだろうか。エデンを利用する客がすべて、基本的な調理道具を揃《そろ》えているとは限らないだろうから。

海斗はそれから、もう、わたしのことなど忘れたかのようにこちらを見ることなく、料理を開始した。

ワンルームのキッチンは、彼には低すぎるのだろう。それでも後ろ姿は、やはりちゃんとして姿勢がよかった。少しよれたシャツの襟《えり》からのぞく首のラインが男っぽい。リズミカルに野菜を刻む音が響く。いちいちきちんと包丁を洗い、持参したクロスで拭《ぬぐ》う所作が丁寧で無駄がない。やはり調味料も持参してきている。

出汁《だし》の、いい香りが漂った。

わたしは、海斗が自分の作業に集中していることを確認し、ようやく、先ほどの茶封筒を開いた。

どうせまた母からの、半分説教、半分愚痴《ぐち》めいた手紙だろう。近所の誰それちゃんが孫を連れて帰省しているとか、羨《うらや》ましいとか、あんたも早く……とか。

でも違った。

わたしは一瞬、目を疑った。

中身は一枚の便せんと、それから、お金だったのだ。

一万円札。くしゃくしゃの。なんで、どうして、と手紙を開くと書いてあった。

「聞いてください夏芽！　お母さんこないだ、農協でバイトしてお金稼いだの。あんまり嬉《うれ》しかったからお裾《すそ》分《わ》けでーす。彼氏と一緒に美味しいものでも食べてください」

なによ、これは。

わたしは急いで一万円札を封筒に戻す。

敬語なのになんて押しつけがましいの。それに五十も近い年齢で、うすら寒い砕け感。

二十歳で米農家に嫁入りして、三人の子供を産んで、ずっとずっと米作りを手伝って。でも合間に野菜を育てて、野菜と同じように育てた子供たちは、全員東京に出てしまって。でも未だに、どんな時も、食事のことを心配する。よそでお金を稼いだことを喜んでいるけれど、母は知らないのだ。三十年間ずっとずっとずっと、働いていること。育児も家業も手を抜かずに三百六十五日、それってサラリーに換算すると、とんでもない金額になるってこと。目の裏がヒリヒリした。苦しくて何かが非常に悔しくて、憤《いきどお》りが全身を苛《さいな》み、持て余し、どうしようもできなかった。

痛む瞳を見開いて、わたしは、キッチンを見た。海斗が土鍋を火にかけて、刻んだ何かをそこに入れている。部屋の中は静まり返り、ことことと何かが煮える音だけがした。わたしは瞳を閉じ、音と、匂いに神経を集中させた。すると少しずつ気持ちが和《やわ》らいだけれど、目の裏の痛みは取れそうにもなかった。

土鍋のふたを彼が取り去ると、中から現れたのは雑炊《ぞうすい》だ。なんとなくそうかな、とは思っていたけれど、想像以上に米がツヤツヤしていたので、純粋に驚く。

雑誌や化粧品で溢れていたテーブルも、海斗はごく当たり前のように片付けた。さすがにわたしも手伝った。テーブルを拭いたふきんは彼が持参したものだけれど、ホコリで灰色に汚れても、眉ひとつ動かさないのはさすがだ。

綺麗になった丸いテーブルを挟んで向かい合って座った。海斗はエプロンを外し、それを少し残念に思う。とてもよく似合っていたのに。

彼は骨張った手で、雑炊を丁寧に茶碗《ちゃわん》によそってくれた。そのほかにもテーブルには、実家から送られてきたキャベツの生き残り部分で作った即席の浅漬けと、切り干し大根の煮物が載っている。

「あの……」

食事を始める前に、思いきって言ってみる。

「一緒に食べてくれませんか」

海斗が答えるより先に、慌《あわ》てて、

「オプションなら、払いますから」

と付け足す。しかし海斗は首を振った。

「そうしたいなら」

「そうしたい、です」

うん、と短く答えて、海斗は自分の茶碗を用意する。それから、どちらからともなく手を合わせた。

「……いただきます」

自宅にいて、いただきますと言うのはずいぶんと久しぶりだ。誰かと一緒に食卓を囲むと、そういう当たり前のことを思い出す。

思えば須藤さんを、この部屋に入れたことはない。デートは大抵外食、泊まりはほとんど彼の部屋で……荒んだ日常を知られたくなかったから。

懐かしいような出汁の香り。久しぶりに本当にいい匂いを嗅《か》いだ気分だ。

「まだ熱いから、気をつけて」

「はい」

わたしはレンゲで雑炊をすくい、二、三度息をかけて冷ましてから、口に運んだ。

優しい味、だった。

主張しすぎないけれど、しっかりとした昆布《こんぶ》ベースの出汁の味や、ちょうどいい煮え具合のネギや卵が、柔らかなお米に寄り添うように絡んでいる。ゆっくりと咀嚼《そしゃく》した雑炊は、するすると喉を滑り落ち、ごく自然に、胃袋の中におさまった。

まだ、たったの一口。

それなのに。柔らかな熱が全身を包む。自分に足りなかったものを今、ほんの少し取り戻した。大げさかもしれないが、本気でそう思えた。

「……美味しい」

無意識のうちに、わたしは呟いていた。すると。

「そうか」

彼が破顔した。

えっ。なに、その、突然の、反則な笑顔は。さっきまでずっと、どちらかといえば仏《ぶっ》頂面《ちょうづら》だったのに?

それなのに、海斗は今、笑ったまま、大きな手をにゅっと伸ばしてきて、わたしの頭を、くしゃっと撫《な》でたのだ。

刹那《せつな》に——泣いた。

自分でもまったく予想外のことだった。初対面の相手の前で、取り繕《つくろ》う余裕もなく、涙はあとから、あとから、堰《せき》を切ったように溢れ出て、視界を奪い、喉を焦がした。

わたしは、顔を覆《おお》って泣いた。

さまざまな映像が、浮かんでは消える。初めて須藤さんとデートした近代美術館で見たアート、その時無理して履《は》いていたヒールのつま先。二条可奈子が大きなため息とともに眼鏡を外すところ、円城寺雅の凜とした背中と柔らかな微笑、吹き出物だらけの自分の顔、腐った大きなキャベツ、茶封筒から出てきたしわくちゃのお札。

それから。

(ちゃんと食えよ——)

トラクターに乗った父が叫んでいる。その傍《かたわ》らで大きな日よけの帽子をかぶった母が、にこにこ笑いながら手を振っている。

わたしは泣き、ただ、自分の嗚咽《おえつ》の声を、どこか遠くに聞いた。テーブルの向こうにいるはずの人のことは、考えなかった。

やがて涙がおさまり、顔を上げた時。

海斗の姿は、向かい側ではなく、再び台所にあった。姿勢正しく立ち、おたまで何かをよそっている。

きちんとトレーに載せられて現れたのは、綺麗な花模様の小鉢に盛られた料理だ。

「……冬瓜《とうがん》？」

「生き残ってた」

ダンボールの奥底で。

母が育てた冬瓜は、黄金《こがね》色の餡《あん》に包まれて登場した。

添えられた木のスプーンをあてると、ふっくらと柔らかな感触が伝わる。

一口大に切って、口に運んだ。

「……美味しい」

先ほどと同じセリフを、今度は噛み締めるように呟いた。

海斗はまた、笑った。

もしかしてこの人は。自分が料理を作った人に、美味しいと言ってもらうためだけに、この仕事をしているのではないだろうか。

そう思わせるほどの、どこまでも優しい、どこまでも温かな笑顔。

それは彼が作る料理に、とても似ている。


宇和島海斗が帰ったあと、わたしは再びソファに沈み込み、無人となったキッチンを見つめた。

「別次元みたい」

あそこだけ、違う空気が流れている。

海斗はきちんとあと片付けをし、残った料理はラップをかけて冷蔵庫にしまい、完璧な状態にして帰った。

結局、食卓でもほとんど話さなかったな。

でも、ちっとも気まずくはなかった。むしろ静かな時間の中で、ゆっくりと食事を堪能《たんのう》できた気がする。

わたしは、立ち上がった。

別次元に足を踏み入れて、ぴかぴかのステンレスのシンクに指を走らせる。すごい。本当に、水滴一滴も残していない。

くるりと踵《きびす》を返し、バスルームに入る。勢いよくスウェットを脱ぐと、シャワーを浴びた。長い時間をかけて浴びた。それから、急に思い立って、裸のまま、トイレを掃除した。

「ゆっくり休めたみたいだねえ」

翌日出社すると、同期の花園《はなぞの》めぐみがにこやかに声をかけてきた。

「夏芽が休むなんて滅多にないことだから、とうとう二条女史に壊されたんじゃないかって、みんな心配してたよ」

「違うよ」

わたしは静かに否定する。自分にも他人にも厳しい二条可奈子は、過去何人もの社員を辞職させてきた。それでも、彼女と仕事をして今もなお残っている者は、みんな何かしらの才能と強さを持っている。目の前のめぐみもそのひとりだ。ただし、みんな痩《や》せるか太るかのどちらかではある。めぐみは太り、わたしは病的に痩せてしまった。

それでもわたしが残っているのは、きっとしぶといから。田舎で二年も浪人した時に、諦《あきら》めないしぶとさの下地ができた。でも、そのしぶとさのせいで、気づかないよう見ないようにして斬り捨ててきたもののつけが、一昨日の悲劇を生んだのかもしれない。

もう、死ぬ思いはしたくない。大げさではなく、あんなふうに死ぬ人間はきっといる。

だってずっと忘れていた死んだおばあちゃんの姿だって見えたんだから！　ちょっと尋常じゃなかった。

「二条さん来てる？」

「奥でプレゼン資料と睨《にら》めっこしてるよー。嫌味言われても聞き流しなよ！」

めぐみの励《はげ》ましに笑顔を返し、わたしは会議室へ向かった。本来、休んでいる余裕もない日に休んでしまったのだから何を言われても仕方がない。

腹を括《くく》ってドアを開けると、二条可奈子は二日前とまったく同じ様子で椅子に腰掛けて、資料を広げていた。

「おはようございます」

ちらりとこちらを見上げた彼女は、

「リフレッシュできたみたいね」

開口一番、そんな言葉が飛んでくる。休んだことに対する嫌味かと思ったが、違う。そもそも彼女は、毒は吐くが嫌味は言わない人だ。正直すぎるほど正直に、ずけずけと自分の思うことを口にする。

今も彼女は、じっとわたしの顔を見て続けた。

「顔がすっきりしてる。久しぶりに眠ったみたいに」

確かに。今朝起きてみると、不可解なむくみが取れていた。身体が軽く、驚いたことに空腹だったから、ごはんを炊き、冷蔵庫に残っていた浅漬けの残りと冬瓜のスープを朝食に食べてから出社した。

「ごはんを食べたんです」

わたしは正直に言った。

「ふうん？　何を食べたの？」

「雑炊です。久々に、きちんとしたものを食べたんです」

「そう」

可奈子は小さく頷いた。一昨日見た時より、さらに疲れきっている。

「じゃあまた、仕切り直せるね」

「はい」

「S製菓のパッケージデザイン案。あなたが出せないなら、ほかの人のデザインを候補にあげて提出する」

「出します。今」

わたしは昨日、自宅で仕上げたデザイン画を取り出し、可奈子に渡した。可奈子は目を細めて、じっとデザイン画に見入る。

「具合が悪いのに、仕事をしたの？」

「あの。途中から、よくなったので、夕方から」

「いいよ」

「え？」

「これでいこう」

思い出した。ダメ出しはしつこく妥協なしなのに、いい時は一発オッケー。案外そんなもの。思わず緊張の糸が切れて、笑みがこぼれる。そして会議室を出て、後ろ手にドアを閉めた時。

「あ……」

お腹《なか》のあたりが、じんわりと温かい。朝、食べた冬瓜のスープの熱が、まだちゃんと残っている――。

apron.2

右京

今日も陽射《ひざ》しがきつい。昼食はひとりでうどん屋に入り、会社に戻る前に公園に寄った。木陰のベンチで携帯を取り出し、『エデン』のＨＰ《ホームページ》を開く。

ログイン画面で、昨日、海斗《かいと》が精算時にくれた名刺に記されたコード番号を入力する。

エデンは、会員の紹介がなければ利用できない。初回は電話で予約、二回目以降はＷＥＢ《ウェブ》で予約ができるということらしい。

コードを入力するとログインされ、右上に福原夏芽《ふくはらなつめ》の名前が表示される。

トップページは、どこかのおしゃれなカフェ風の写真だ。揃《そろ》いの白いシェフのユニフォームをつけた男たちが五人、横一列に並んでいる。ある者はこちらに背を向けて横顔だけ、ある者は満面の笑顔でトレーを持ち、ある者は互いに肩を組んで談笑している。完璧に美しい一枚のポートレート風なのは、そこに映る全員の表情が自然だからかもしれない。

海斗も映っていた。自然ではあるが、やはり、笑っていない。仏頂面《ぶっちょうづら》で紙袋を抱えて立っている。一番背が高い。紙袋の中からのぞいているのがフランスパンなどではなく、どう見ても大根であるところがいい。

とても彼らしい。

それぞれの人物にはアルファベットで名前がレイアウトされていて、タップすると、個人別のショットが映った画面になる。そこに得意料理や趣味、一言メッセージなどが書かれていて、どうやら利用客が指名する際に参考にするようだ。

HPにはほかに、「エデン」の社長からのメッセージや、利用規約も記されている。

まず、メッセージは、以下のようなものだ。

『わたくしどもは、心身ともに疲れきったお客様に、束の間の癒《いや》しのテーブルをご用意させていただきます。真心こめた一皿をご自宅のキッチンで作ります。どのような料理でも、リクエストには真摯《しんし》に対応いたします。可能な限りお客様の舌と心を満足させるのが、我々エデンスタッフ一同の、至上の喜びでもあります。明日への力の源《みなもと》に、ぜひ、あなただけの専用シェフとしてご活用ください。真心こめてお仕えいたします』

エデン代表取締役、倉木相馬《くらきそうま》――。

彼は、集合写真の中心に立っている男と同一人物だ。

うん――。この人なら、誰しもが一目でイケメンだと認定するだろう。整った面差《おもざ》しで、無造作ヘアも洗練された感じで似合っている。

続いて利用規約のところには、当たり前といえば当たり前だが、こう記されている。

『いかなる状況でもスタッフへの身体的接触はお断りいたします。またスタッフのほうでも、お客様を誤解させ、不快にさせるような接触は一切いたしません。なおたび重なるご指名に関してはご意向に添えない場合もありますが、可能な限りほかの者がご希望の料理を提供させていただきます』

ほかにも細々と、割と現実的なことが記されている。もちろん、システム上、互いに見知らぬ者同士が密室で過ごすことになるのだから、ある程度の予防線は必要だ。それに、初対面じゃないほうが厄介《やっかい》な場合もあるだろう。たび重なる指名で、どちらかが恋愛感情を相手に抱いたとしたら、エデンの運営に差しさわる事態を招きかねない。

利用する側にもモラルと、ルールが求められる。だから紹介制度を取っているのかもしれない。

先日の宇和島《うわじま》海斗だって、ぱっと見はイケメンの部類に入るのかもしれない。

わたしは、初秋の空を見上げた。

恋人に振られて、まだそれほど経っていない。それなのにわたしは、心も壊れず、部屋でゴミに埋もれることもなく、こうして空を仰いでいる。須藤《すどう》さんの顔よりも、海斗の、包丁を握る手とまくったシャツの袖からのぞく腕を思い出す。

恋をするのとは、きっと違う感覚だ。

だからこそ、また会いたい。来てもらいたい。海斗になのか、「エデン」のほかの男になのか、わからない。わからないけれど、彼らのような人に、また、あの時間を提供してもらえるのなら。

「よし」

わたしは開いたままだったWEB上から、新たな予約を入れた。今回も指名はしなかった。


ひとり暮らしの社会人五年目で、給料はそう高くはないけれど、毎月ささやかな贅沢《ぜいたく》くらいは許される。人によってそれは服や靴を買うことなのかもしれないし、エステや美容院に通うことなのかもしれないし、旅行に行くことなのかもしれない。

でもわたしは、「エデン」に使う。

美味《おい》しいものが食べたいなら名の知れたレストランに行けばいいのだろうし、いい男にちやほやされたいのなら、それこそホストクラブがあるんだろう。

でも、きっと、「エデン」のシステムには、それだけでは得られないものがある。

そのことに気づいたのは、二回目に利用した時だ。

二回目は夜となった。仕事を定時で終えるよう朝からがんばって調整し、一部持ち帰りにして帰宅した。それでも二時間は残業になってしまい、約束の八時ぎりぎりにマンションに着くと、先方はすでに到着し、玄関の前で待っていた。

スーパーのレジ袋を提《さ》げているから、すぐにわかる。今日の彼はエコバッグ愛用者ではないらしい。そんなことを思いながら、挨拶《あいさつ》をした。

「市ノ瀬右京《いちのせうきょう》です。よろしくお願いします」

「……こちらこそ」

確かに指名はしなかったが、海斗とはまったく異なるタイプで驚いた。彼は、おそらくとても若い。思わず、

「……あの。何歳ですか?」

と確認する。ひょろりとしていて、背は百六十センチのわたしより少し高いくらい。生《き》成《な》りのパーカーとカーキ色のパンツに、ハイカットのスニーカー、デイバッグ。まだ十代ではないだろうか。案の定、彼はにこっと笑い、

「十九です。普段は専門学校生」

と屈託なく言った。笑うとさらに幼い感じになる。

「そうなんだ。若い、ね」

「はい。あっ、でも、料理の腕は確かなんで」

慌《あわ》てた様子で言うのが可愛《かわい》い。わたしは笑い、ドアを開ける。

「言っておくけど、かなり散らかってます」

「大丈夫です」

そんなのなんでもない、とでもいうように、あっさりと彼は答えた。汚い、というレベルは少し脱した。あれから一週間、毎日少しずつ掃除して、少なくともゴミは放置していない。それでも綺麗《きれい》な部屋にはほど遠く、玄関には束ねた雑誌の山がまだあるし、部屋の四隅にも洋服や読みかけの本や雑誌、たまったDMや枯れた観葉植物なんかが、ホコリをかぶって手つかずのままそこにある。

それでもキッチンと水回りだけは掃除した。

いきなり全部をやるには、わたしはまだ疲れていた。自分で自分にブレーキをかけながら、無理をしない範囲で、ちゃんとした生活を取り戻す決意をしたのだ。

「夏芽さん」

キッチンへ案内すると、いきなり名前で呼ばれた。それがまったくといっていいほど違和感がない。

「はい」

「リクエストは、クラムチャウダーでいいですか？」

「そう」

彼、右京は、嬉《うれ》しそうに笑う。

「俺、洋食作るの好きなんです」

「そうなんだ。楽しみだよ」

「はい。よかった、夏芽さんち、オーブンレンジだ」

「……？　オーブンなんか使うの？」

「パン焼けたらいいかなと思って。生地は家で仕込んできたから」

すごい。手作りでパンを焼く男子。

「もしなかったらどうしたの？」

「その時はフライパンで。ちょっと仕上がりに差が出るけど、それでも焼きたてはまあまあ美味しくできるから」

はぁ、と感心してため息が漏《も》れる。

「でも……わたし、それ冷凍食品のチンにしか使ったことないけど、本当にパン焼ける？」

「大丈夫。これ、数年前にT社から出たすっごいハイスペックなオーブンレンジだから。

多少型は古いけど、家でも同じシリーズの使ってる」

「へえ……」

家電のほとんどは、ひとり暮らしをする時に実家の両親が揃《そろ》えてくれたものを、ずっと使っている。両親は田舎《いなか》の人間で、家電は地元の農協を通じてほぼ定価のまま買う。量販店で買うという知識もなければ、足を運んだことすらないのだ。でもそれも田舎の必要な付き合いなのだと、母はのんびりと言っていた。

「じゃ、始めます。夏芽さんは、好きなことしてくつろいでいてくださいね」

歳《とし》下の男の子に優しくそう言われるのは、悪い気分ではなかった。ある意味、海斗が来た時よりもリラックスできるのは、二回目でシステムのことがわかっているせいもあるが、右京のキャラもあるだろう。カッコいいのに可愛くて人なつこい。こなれ感があって屈託がない。憎めない。

その彼も、やはりエプロンをつけると顔つきが変わった。彼の場合は、シンプルな黒のギャルソンエプロンだ。本当に、なぜ海斗はあの花柄だったのだろう。

右京も、エプロンがよく似合う。そのシンプルさのためか、カフェや少しおしゃれな雑貨屋の店員といっても通じそうだ。

エプロンをつけると、エデンの男たちは、みんなステージが上がるのだろうか。スキー場でゴーグルをつけたインストラクターがかっこよく見えるという、あのマジックに似ているかもしれない。

　わたしは持ち帰った仕事を片付けながら、時折キッチンへ目をやった。右京も料理に集中している。目が合うと、にこりと笑う。わたしも笑い、再び仕事に集中する。しんと静かな状態よりも、包丁の音や、フライパンを揺らす音、お湯が沸く音が聞こえるほうが、心のどこかが落ち着く気がした。それでさらに集中し、後半はほとんど右京を意識することなく、仕事ができた。

　九時を少し回った頃、

「夏芽さん。支度できましたよ」

　優しく言われて見れば、確かにテーブルの支度はすっかり整っていた。

　右京がセッティングしたテーブルは、クロスは温かみのあるオレンジ色で、ガラスの小《こ》瓶《びん》に小さな花まで生けてある。

　使われている皿は、家のものだ。棚の中のものは自由に使って構わないと言ってあった。海斗は大荷物で土鍋まで持ち歩いているようだったが、右京は違う。人によってやり方が違うのかもしれない。

　それでも右京のセッティングは可愛らしい。持っていることさえ忘れていた、友達の結婚式の引き出物だった花柄の皿が、有効活用されている。

メニューは湯気《ゆげ》を立てるクラムチャウダー。花形にカットされたニンジンが可愛らしく浮いている。そこに予告通り焼きたての丸いパンと、彩《いろど》りが綺麗なサラダ、海老《えび》やイカ、ホタテとカラーピーマンのマリネらしきものをトッピングしたカナッペが並んでいる。

「夏芽さん、お酒はよかったんですか？」

酒類は飲みたい場合は事前にオーダーすることになっている。もちろん自分の家で用意しても構わないのだろうが、首を振った。

「理由《わけ》あって、今、禁酒中なの」

「はーい」

右京は頷《うなず》き、エプロンを外す。そうだ、大事なことを訊《き》かなければ。

「あなたも一緒に食べる、よね？」

「どちらでも。夏芽さんがいいほうで。でも、どちらにしても夏芽さんが食べ終わるまで一緒にいるよ」

そんなことをさらりと言えるなんて、すごいなあ。

「じゃあ、一緒に食べて」

はい、と笑って右京も食卓につく。その前に、わたしの椅子を引いてくれることを忘れなかった。

「こういうことって研修があるの？」

右京は向かいで首を傾《かし》げる。

「研修はあるにはあるけど、相馬さんは、あまり細かいことは言わないかなあ」

「そうまサン」

「あ、エデンの社長ね。仕事が面白そうってことでたくさん面接には来るんだけど、採用基準はめっちゃ厳しいから」

「そうなんだ」

「うん。だってある意味、信用が第一だから。このお仕事」

言いながら、右京はせっせとサラダをとりわけてくれる。どうしたらレタスをこんなに、と思うほどみずみずしくて、一口食べると、自家製と思しきクルトンがカリッとしてとても美味しい。

クラムチャウダーも絶品だ。ちゃんとアサリを蒸《む》してから使ったのだろう。アサリの旨《うま》味《み》がスープに凝縮されている。

「美味しい」

しみじみ呟《つぶや》くと、へへっと右京は嬉しそうに笑う。美味しいと言われて笑うのは海斗と同じなのか。

「ね、訊いていい？」

くりっとした丸い瞳が興味深そうにわたしを見る。

「なんでクラムチャウダーなの？」

「珍しい？」

「んー、正直オーダーされたのは初めてかも。コレ系だと、たいていはシチューとかポトフとか」

食卓で自分から話題をふるなんて、やはり、そこはそれぞれのキャラなのか。

「あのね。東京に出てきて、学校の子たちと初めて入ったお店で食べたのがクラムチャウダーだったの」

「へえ。美味しかった？」

「とても。それまで、ルーから手作りしたクラムチャウダーなんて食べたことなかったから。さすが東京！　って感動しちゃって」

そういえば、あの頃は、目にするもの、口にするもの、耳にするものすべてが新鮮だった。五感が今よりずっと鋭敏で、欲しいものがいっぱいあって、他人への思いも強かった。

好きな人は好きだし、苦手な人は嫌。いつから、その境界線が曖昧《あいまい》になって、不必要な我慢をするようになったんだろう。

　わたしは外に存在する人たちには神経質に気を使い、玄関から内側には、ちょっと厄介な聖域を作ってしまった。不衛生で、怠惰《たいだ》で、無気力な聖域を。

　その聖域には、彼氏も入れたくなかった。自分だけで閉じこもり、外で働いていることを言い訳にして、内側では、食事も夢も有機的な汚れも母からの小包も、すべてごちゃごちゃになってしまっていた。

「あちちっ」

　顔を上げると、右京がクラムチャウダーをふうふう冷ましながら食べている。どう美味しいでしょ？　とも、その店の味と比べてどう？　とも訊かない。でも本当に美味しいから、訊かずとももちろんわかっているのだろう。

　思わず笑ってしまった。

「ん？　どうしたの？」

「いや、やっぱり不思議なことしてるなあ、って」

「俺とこうしてごはん食べてること？」

「そう。初対面の男の子を家に入れてごはん作ってもらって、一緒に食べて。少し前のわたしなら考えられない」

「夏芽さん、用心深そうだもんね」

「わかる？」

「うん。女の子のタイプはだいたい」

女の子、と言ってくれるのか。

「右京君、モテそうだもんねぇ」

「うん。って、俺の話はいいじゃーん」

右京はにこにこと笑って話をかわした。人なつこそうなのに、自分の奥には触れさせない。でもきっとこの子は、本当に優しい子なのだ。女の人の警戒心を一瞬で解《と》いてしまう優しさと嫌味のなさ、でも必要な線はきっちりと引いている。なるほどこの距離感が、この仕事には必《ひっ》須《す》なのかもしれない。お客に勘違いさせてはいけないけれど、ちゃんとひとりひとりと向き合って、癒しの時間も提供する。

だから。その線が明確だから、わたしのような本来用心深い人間でも、彼らと時間をともにできる。

「わたしの話をしてもいいの？」

「もちろん。俺、夏芽さんのこと知りたいもん」

お世辞と知りながらも、乗るのも悪くはない。何しろ彼がわたしのために作ってくれた食事は本当に美味しいから。

「そうだね。確かに用心深いかなあ。特に男の人に対しては。本当のわたしを知られると、嫌われちゃう気がしてさ」

「本当の夏芽さんって？」

「だらしなくて、面倒くさがりで、嫌なことからは言い訳山ほど口にしながら逃げる。そのくせ人に悪く言われるのが怖い」

「ふうん。本当はどうなりたいの？」

訊きながら、パンのお代わりをすすめてくれる。だからもうひとつ、丸く小さなパンを手に取る。

「仕事も私生活もばっちりのいい女、かな？　やっぱり部屋は綺麗なほうがいいし、肌も髪も綺麗なほうがいい」

なんとなく、両者は表裏一体のような気がする。生活の乱れは肌や髪に出る。

「夏芽さん、きれーじゃん」

お約束のようなセリフに、微笑《ほほえ》んだ。

「そう言ってくれるんだ」

「本当だよ。んー、特別に、俺の話をちょこっとするとねー」

右京はテーブルの向こうから、丸い目で見つめてくる。

「俺、料理が本当に好きなの。将来やりたいこともこっちの方向だし」

「うん。それは、伝わってくるよ。ごはん、すごく丁寧に作ってあるし、美味しい」

ありがと、と右京は笑う。

「俺、本当はひとりでいるのが一番好きなんだ。ひとりだと、とことん料理のこと、誰にも邪魔されずに考えられたりするし」

「うん」

「でも、料理って、食べる人あってのものでしょ？　だから、誰かの反応見るの好き。特に女の子。ごはん食べてる時の様子で、その子のこと、だいたいわかる」

「……わたしのことも？」

「うん。だから、夏芽さん、きれーって。誰かが作ったものに対して、美味しいって、最高の笑顔。そういう人は、たいてい、顔も心も綺麗」

またしても不意打ちだ。海斗の時もそうだったけれど、美味しいものを食べている時に、心の奥に触れる言葉や態度を示されると、食べたものが、胃の底でじんわりと熱を帯びる。

小さな頃から、母が食事を作るのを見てきた。大勢でテーブルを囲んだ。

嫌いなおかずの日には文句を言い、好きなおかずの時は奪い合うようにして食べた。母は大抵、笑っていた。美味しいと言ったおかずは、馬鹿《ばか》のひとつ覚えみたいに、連続して食卓に上った。

いただきます、と手を合わせ、ごちそうさま、と言って自分が使った茶碗《ちゃわん》は台所へ下げる。

そんなふうにして、わたしは育ったのだ。

「ありがと、右京君」

「いやいやー。ね、夏芽さん、甘いもの好き?」

「好きだよ」

よかったあ、と言いながら右京がキッチンへと立つ。冷蔵庫から取り出してきたのは、自家製のプリンだ。

ふたりぶん。ガラスの器《うつわ》に入って、うっとりするほどツヤツヤしたカラメルソースがかかっている。

わたしは腰を浮かせた。

「あ、お茶淹《い》れようか」

「それはだめ」

右京は優しく、しかし断固とした様子で拒否する。

「夏芽さん、コーヒーと紅茶どっちが好き？　あ、緑茶もあるけど」

確かにここはわたしの部屋なのに、お客様気分も味わえるなんて。

「紅茶かな」

「よかった。実はおすすめの茶葉があってさ」

右京は、いそいそと本格的なフレーバーティーを淹れてくれた。

彼はそれから、海斗と同じように、キッチンのあと片付けまで完璧にしてから帰った。

そのあとで冷蔵庫を開けると、プリンが三つほど、ラップをかけて入れてあった。

プリンが入っているプラカップは犬と猫のイラストが入っていて可愛らしい。最近は百均でも可愛い製菓用品が買えることは知っているが、こういうのは初めて見る。

「…………」

わたしはデスクに行き、ノートパソコンを開いた。仕事をする時に使っているソフトを起動させるが、手は動かない。

代わりに、エデンのＨＰにアクセスした。

三日後に、また予約を入れる。

わたしはその日、積み重なった雑誌を束ねてマンションの資源回収の場所まで持っていき、部屋の床面積を広げた。すると開かずの扉状態になっていた収納が開くようになったので、扉を開けて、もうほとんど着ていない衣類をすべて処分した。

apron.3

悠然

二日後、美大時代の親友の晴香《はるか》に呼び出されて吉祥寺《きちじょうじ》で飲んだ。

晴香は卒業後に一般企業の広報部で数年働いたあと、職場結婚して、今は一児の母だ。

「やだ、あんた、ちゃんと食べてんの？」

席につくなり、久しぶりでもなく元気だった？でもなく、晴香は開口一番そう訊《き》いた。

「もー、みんなそれを訊くなあ」

わたしは顔をしかめて、烏龍茶《ウーロンちゃ》をオーダーする。

「なに、禁酒？」

「うん、まあ、しばらくは健康のために」

「ちょっとー、大丈夫なの？」

「これでもなんとか持ち直したところ。それより、今日、拓巳《たくみ》君は？」

確かまだ二、三歳くらいのはずだ。

「お義母《かあ》さんが見てくれてる。同居の必要最低交換条件でしょ」

晴香の結婚相手の家は、都内で不動産業を営む資産家だ。彼は次男だけれど、昨年、二世帯住宅を杉並《すぎなみ》の一等地に建てて暮らしている。

学生時代はふたりで美術館巡りもしたし、地方のフェスにも行ったし、先輩のコネでファッションショーにも潜り込んで、一晩中じゅうアートについて語ったこともあった。普段は忘れていても、こうして会うと、その頃のことを思い出す。同時に、一緒に濃密な時間を過ごしたはずの彼女と、どこでどう道が分かれたのかを考える。

でも晴香は、付き合っていて気持ちのよい相手だ。自分が結婚して子供がいることに関して、必要以上に自慢しない代わりに、ことさらに気を使って会話に上らせないということもしない。昔から開けっぴろげで隠しごとを嫌い、何に対しても正直な彼女が、わたしは好きだった。だからこの日も、

「別れたの？」

直球で、彼女は来た。うん、須藤《すどう》さんの話かなあとは思っていた。

「どうして？」

「こないだ旦那《だんな》と子供で井《い》の頭《かしら》公園散歩してたら、ばったり出くわした。相手の女とも」

「一度紹介しただけなのに、よくわかったね」

「忘れるわけないじゃん。あんたの彼氏だし」

昔に比べて少しふっくらした晴香は、さらに頬《ほお》をふくらませる。

「なんであたしに相談しなかったの？」

「いや、振られてまだ日が浅くて。心の整理もまだできないっていうか」

嘘《うそ》だ。整理ができていないのは、部屋のほうだ。心の中の、ほかの部分だ。

正直、須藤さんを思い出すことは想像したよりずっと少ない。思い出しても、ちくりと心が痛む程度で、そんな自分に驚いている。

わたしは自分が思っていた以上に薄情な人間なんだろうか、と悩むことすらやめた。わからないからだ。

悩むなら、エデンの誰かにごはんを作ってもらったほうがいい。確かに出費は安くはないけれど、ずっと、こんな頻度《ひんど》で続けるわけじゃない。そのくらいなら、決して多くはない貯金に少し手をつけるくらいでなんとかなる。

「彼、気まずそうだったよ。相手の子は、なんか、頭軽そうな女だった」

「若い子？」

「まあ、若いかな。うちらよりは、多分」

気まずそうなのは、晴香じゃん。らしくない、と思う。そんなの。

「気、使わなくていいよ」

「使うよ。だってあんた、そんな痩《や》せちゃって」

「これはねー、須藤さんのことがある前から。なんかごはんとか、食べるのが億劫《おっくう》になっちゃって」

「拒食症とかじゃないでしょうね？」

「違うと思う。億劫なだけで、食べる時は食べてたし。でも、もう大丈夫。なんとか、食事だけはちゃんとするように意識した」

証拠を示すように、居酒屋メニューからいくつか注文する。学生時代もよく通った店だから、定番も決まっている。焼き鳥の盛り合わせに、揚げ出し豆腐に、オクラと梅肉の和《あ》え物。ビールやサワーが烏龍茶にかわっただけ。晴香のほうは昔も好きだったサワーを飲んでいる。

場所柄《がら》、店内には学生も多い。数年前のわたしたちのように。大人になったのだから店も変えればいいのだろうが、晴香や学生時代の友達と飲む時は、つい同じ場所を選んでしまう。晴香が井の頭線沿線の住宅街に住んでいることも、吉祥寺で会いやすい事情のひとつだ。

わたしは近況をかいつまんで晴香に説明した。仕事がお互いにものすごく忙しくて、気づいたら距離があったこと。ラインで別れを告げられたこと。それから会っていないこと。

晴香はいちいち、最低とか、ぶっ殺すとか、わたしを慰《なぐさ》めるためにひどい言葉を口にしてくれたけれど、わたし自身の中に怒りが存在しないため、その言葉は空回りしている。

「悔しくないの？」

焦《じ》れた様子で、彼女は訊いた。

「そんなふうに、前触れもなく。浮気してたのも同然じゃん」

「前触れ……あったかもしれない」

今思えば、だけど。前触れは確かにあった。

「前はさ、どんなに忙しくても三十分でもいいから会う努力をお互いにしたたし。向こうの部屋に泊まることもあったし」

そのうち、生活時間がずれるようになって、電話も迷惑かな、と考えてしなくなって、短いメールやラインのやり取りさえ、二日に一回、三日に一回と減っていったのだった。

「あんたんちにも来たの？」

「まさか。まあ考えてみれば付き合って半年くらいだし、そんな機会もなかったというか」

ははあ、と晴香は苦笑する。

「どうせまた、部屋きったないんでしょ？」

「えー……うん、まあ、そうだけど」

　ちょっとずつやってはいるけれど、相変わらず汚いの範疇《はんちゅう》だろう、晴香にとっては。

晴香は大ざっぱだけれど、内も外も違いがない。自身も部屋も、おしゃれで小ぎれいだ。

　学生時代から、晴香はしょっちゅうわたしの部屋に泊まった。そのたびに、ココが汚いとか、我慢できないとか言って、掃除を手伝ってくれた。

「夏芽《なつめ》、几帳面《きちょうめん》なのに」

「き、几帳面!?」

「几帳面で、真面目すぎる」

「ああ……真面目、は言われるな。上司にも言われたし」

「うん。だから、すぎるってこと」

　やっぱり晴香は相変わらず無遠慮だ。

「夏芽はさ、他人とか世間に対して真面目なだけであって、自分自身には不真面目で攻撃的だよね。だから部屋は汚くなるし、ごはんもいい加減になるし」

　当たっている。さすがだ。

「これでも努力して変わろうかと思って」

「無理でしょ、今さら」

ばっさり。でもこういうところが好きなのだ。

「じゃ、どうすればいいのかねー、三十路《みそじ》も近い独り者の女が、幸福に生きるためには」

やけになって言うと、晴香は真面目くさった顔をした。

「バランスだよ、夏芽」

「バランス？」

「好きな自分と、嫌いでどうしようもない自分を、自分に都合のいいバランスで保つようにするの。ダメな日があったら、翌日だけがんばってみるとか。部屋が汚すぎたら、一カ所だけ掃除するとか」

「あ、それ、やってる」

なんだ、と晴香はほっとした顔をする。

「やれてるんじゃん。大丈夫」

「うん……ちょっと、ちゃんと背筋が伸びた日があって。気持ちよかったから」

「うん。毎日じゃなくていいよ」

そうか。そうなんだよね。

「晴香も？　自分が嫌な日とかある？」

「ない」

にかっと晴香は笑う。何よ、その奇妙な神々しさは。

「旦那優しいしめっちゃ稼ぐし、子供は天使だし」

「いいねえ。旦那さん、ごはんとか作ってくれる時ある？」

「あるよー。ほら、二世帯といっても上下で完全に分かれてて台所も食事も別だからさ。あたしが拓巳のことで疲れている時は、簡単なチャーハンくらいなら作ってくれる。オムツ替えも風呂入れるのもやってくれるしさ」

「イクメンってやつだね」

「うん。でも、夏芽が羨《うらや》ましい」

わたしは揚げ出し豆腐に伸ばしかけていた箸《はし》を止めた。

「わたしが？　なんで？」晴香はいわば、女の勝ち組ってやつじゃん」

「そんなの、周りが勝手に言うだけでしょ。あたしは確かに幸せだし、恵まれてるほうだと思うけど……でもねえ、いつだって、頭の隅っこにはあるよ」

「なにが」

「選択しなかったいくつもの道の先」

そういえば。晴香は服飾のデザイナーになることを夢見ていて、就職は商社だったけれど、買いつけができる海外事業部に異動願いを入社当時から出していた。

「今も思うよ。あの時結婚しなかったら、あたし、商品買い付け先で知り合ったイタリアのいい感じの男と恋してたかもって」

「なんでイタリア」

「世界で一番カッコいい国で、カッコいい男たちがいっぱいいるから」

懐かしい。この手の会話。確かに晴香とは、一時期、イタリアのルネッサンス時代のカルチャーについて熱く語り合ったことがあった。同時にイタリア男の色気についても。

「イタリア男よりも、拓巳君のほうがいいじゃない」

「そうそ。今のところ、自分だけの男だもんね」

晴香はえへへと笑う。

「だから、そこもバランスだよ。選択しなかった道を時々妄想《もうそう》するけど、現実を見つめ直して、やっぱりこっちが大切って」

アルコールは入っていないのに、頭の芯が酔ったようにぼんやりする。

わたしのバランスって、どうすればうまくいくんだろう?

店を出た時、晴香は言った。

「ねえ夏芽、ごはんはちゃんと食べなよ」

「お母さんみたいだね、晴香」

「お母さんだもん」

赤い顔をして、潤《うる》む瞳で、晴香は言う。

「子供ができてわかったんだあ。大切な人間が、お腹空《なかす》かせてる状態って、もー本当に見てられないの。こっちが苦しくなる」

「わたしも大切な存在なの？」

「当たり前」

晴香が抱きしめてくる。酒と、居酒屋にいたから煙草《たばこ》と、そこに混ざるグリーン系の柔軟剤の香り。

「ありがと、晴香」

わたしは晴香のふわふわのセーターに顔をうずめる。昔からの友達に会うと、変わったものと、変わらないものを確認できる。

そしていつも思うのだ。彼女に比べ、自分は、変われない部分が多いのではないかと。


次にやってきた料理人は、また強烈な個性の持ち主だった。

名前は門倉悠然《かどくらゆうぜん》。三十歳ちょうどということだが、装《よそお》いは黒い革のパンツに高級スニーカー、同じブランドの十字架をデザインしたTシャツと、若者が好む高級カジュアル路線だ。それがしっくりと似合っている。彼が大きなバイクで登場したのも驚いたが、メットを取ると坊主だったので、さらに驚いた。頭部は綺麗《きれい》に剃《そ》り上げてあり、もう短髪が苦手とかそういう話にもならない。

エデンのサイトで和食を選択したら、彼がやってきた。精進《しょうじん》料理やそば打ちを得意とするらしい。

「あの……普段、何かお仕事をなさってるんですか？」

悠然は白い歯を見せてにこっと笑った。

「僧侶《そうりょ》をしております。実家が寺で」

なるほど。

悠然は、話によれば、中高一貫の仏教系私立学校で教育を受けたが、そこに、そば打ちをはじめとする調理の授業が必須履修《ひっすりしゅう》科目にあったらしい。以来、本業の傍《かたわ》らで料理を極め、とうとうエデンに所属するまでになったと。

エプロン――エデンを利用し、男性がやってくる時、彼らが身につけるエプロンが気になる。海斗《かいと》は花柄で、右京《うきょう》はシンプルなギャルソンエプロン、そして悠然は――割《かっ》烹着《ぽうぎ》、だ。

もっとも生地は藍染《あいぞ》めで無地、共布のボタンがついたごく簡素なものだ。更に日本てぬぐいで頭部を覆《おお》う、それが彼の料理スタイルらしかった。

彼が料理を作っている間、仕事ではなく、収納の整理の続きをした。美大時代の教材の山から、懐かしいスケッチブックが、出てきた。まだこんなものを取ってあったのか。わたしはスケッチブックを開こうとして……やめた。閉じたまま、衣類の山の奥にねじこんだ。

心臓が、どきどきしていた。悠然は料理に集中しており、覗《のぞ》き見などするはずもないのに。決して誰にも見られてはならない。自分自身の目にも。

すっきりと晴れかけた自分の心に、薄い墨汁《ぼくじゅう》を溶《と》いた水染みのようなものが広がった。それも、悠然の料理を食べている間は、忘れることができた。

美しくカットされた水茄子《みずなす》や、手作りの湯葉や、カボチャの炊《た》き合わせや、ゴボウと茸《きのこ》の炊き込みご飯、ピンクや黄緑色の手まり風の麩《ふ》が浮いた白みそのみそ汁。彼は小さな七輪を持参してきており、狭いベランダで炭を熾《おこ》し、そこで自作の塩麴《しおこうじ》で漬けたという鶏《とり》肉と九条《くじょう》ネギも焼いてくれた。

一連の動きに、無駄が一切ないことに感心した。初めての、狭く、設備も充分でない台所でも、慌《あわ》てることなく、流れるような作業で効率よく料理を仕上げてゆくのを、この時も少し離れたところから見守った。

割烹着を着た一風変わった僧侶は、やはり、料理をする姿が様になっていて、嬉《うれ》しくなる。彼はこの時間、自分だけのために料理をする男なのだ、と思うと、なんともいえない喜びを感じる。

知ってしまった喜びといおうか。

わたしはいい男に料理を作ってもらい、上げ膳《ぜん》据え膳してもらって、英気を養う。

悠然が狭い台所で作った小鉢の料理は全部で十一種類。もちろん予《あらかじ》め持参してきたしいごま豆腐や和え物はあるが、ほとんどがここで作り上げられたものだ。すべてが美しく芸術品のようで、これを一枚の絵におさめたらなかなかいいんじゃないかとか、ついつい仕事のことも考えてしまう。

「夏芽さん。悩みごとがあれば聞きますよ」

同じテーブルで食事をしながら、悠然がいきなりそう言った。なぜ？　と問うように見ると、凪《な》いだ海のような穏やかな瞳がわたしを見つめている。

「本業の仕事柄、悩み多き方のお話をお伺《うかが》いすることも多いので。それもまた御仏から与えられたありがたい役割と思い、まあわたしもまだまだ若輩《じゃくはい》者ではありますけれども、可能な限りお答えもしております」

ちーん、とどこかで鈴《りん》の音が響いた気がした。

わたしは、ふう、と息を吐き出す。

「自分だけが変わらないままでいることに、焦りを感じるんです」

「ほう」

「わたし、美大を出ていて……でも美大生のほとんどが、クリエイティブな仕事に就けるわけじゃないんです。だから就職先を探している時、迷子になった気持ちがした」

そんな時、二条可奈子《にじょうかなこ》に出会った。可奈子は同じ大学の先輩で、自信に満ち、生き生きと仕事をしていた。わたしは思ったのだ。ああ、彼女のように生きていけばいいんだ。会社という組織に属しながらも、自分の才能に磨きをかけて、プレゼンして、実績を残す。そうするうちに、自分にも自信が生まれ、人生の指針を得ることができるだろう――。

でも、甘かった。

「憧れの人と一緒の仕事には就けたけど。現実は、その人はあくまでも他人で。他人の夢や実績に乗っかることなんてもちろんできなくて。だから、この年齢で、わたしひとり、変わることもできず、まだ迷子のままのような気がする」

仕事も私生活も、ものすごく中途半端。

「よくわかりました」

悠然は丁寧な所作で箸を置き、真顔で言う。

「あなたがその方に憧れることができなくなったのは、あなた自身も変わってきているからですよ」

わたしは眉を寄せる。

「そう――なのかな。わからない。それに、自分がいい方向に向かっているかどうか、自信がない。この歳《とし》で、なにひとつ確かなものを手にしていないし、行き着く先が見えないから」

「ご自分がわからないと」

「……わからない」

確かなのは、不安と恐怖。油断すると、また、心身ともに醜《みにく》く汚れきり、いつの間にか年老いてしまうのではないか。

「夏芽さん。料理って、人そのものなんですよ」

「え？」

「ごまかせない。出汁《だし》なんて特に、丁寧にやらないと雑味がすべてを台なしにしてしまう。でも逆に、どんなに不器用でも、丁寧に真面目にさえやれば、ほとんどの料理は美味《おい》しいものになるんです」

わたしは目の前に並べられた完璧に美しい小鉢料理の数々を見渡す。悠然は穏やかに続ける。

「なりたい自分なんてその都度変わったり、漠然としている時があってもいいんです。ただ、作りたい料理を想定して丁寧に出汁を取るように、日々を丁寧に生きていれば、案外間違った方向には進まないものですから」

　日々を丁寧に生きる。わたしは黙りこくり、綺麗な麸が浮いたみそ汁に口をつけた。自然と笑みがこぼれる。

「本当だ」

　呟《つぶや》くように言った。

「美味しい。丁寧で……優しさが詰まったような味がする」

　悠然は、驚いたことに、頬のあたりを赤くした。

「えっ」

「激しく照れました」

　まさかのリアクション。

「あの……ど、どこに照れポイントが？」

「美味しいと言うあなたの顔ですかね。わたしにとっては御仏と同等にありがたいお言葉です」

ちーん。

合掌《がっしょう》し、にこりと笑う悠然の頬はまだ赤い。思わず訊かずにはいられなかった。

「あの……どうして、このような副業を？」

もちろんエデンの仕事のほうが副業だろう。すると悠然は言った。

「さあ？　でもおそらくは、わたしも夏芽さんと同じでしょう」

「え？」

「己《おのれ》の中に変われる余地を残しておきたいのでしょう。自分に出来ること、やりたいことに限界をもうけたくない。永遠に」

それもまた煩悩《ぼんのう》というものでしょう、と悠然ははにかんだ顔で付け加えた。

いや、わたしの今のぐだぐだした状況は、悠然のように高尚なものではない。煩悩そのものだ。

私生活も、仕事も、ぱっとしない自分を恥じ、憂《うれ》えて、焦り……気をつけなければ、再びあの、死にそうになった最悪な日に引き戻されてしまいそうになる。

たとえどんなにちゃんとした、美味しいものを食べて、気を紛《まぎ》らわせても。

引き戻される――――。

そんな不安が、いつまでも、澱《おり》のように胃の底に溜まっている気がしている。

apron.4 相馬

スケッチブックのせいだ。

エデンを利用するようになってから、わたしは食生活を改善し、部屋もだいぶマシになった。肌荒れもよくなりつつあるし、朝もちゃんと起きられる。仕事面でも、二条《にじょう》可奈《かな》子《こ》に認められることが多くなった。須藤《すどう》さんのことはほとんど思い出さず、実家の母とも電話で話した。

それなのに、何かが解決しない、この気持ち悪さ。その正体に気づいたのは、悠然《ゆうぜん》の食事を食べて三日後だった。

肉体は食べたものによって三日のサイクルで生まれ変わる。どこかで聞いたそんな言葉が呪いのように蘇《よみがえ》る。そして、確かに三日目の夜、突然、わたしは収納の奥に押し込んだスケッチブックを引っ張りだして開いた。

逃げているのはわかっていたから。

そこには、学生時代の夢や希望が詰まっている。ありきたりかもしれないが、テキスタイルのデザイナーになりたかった。目にするモチーフを抽象的な表現で描き起こし、連続した模様に表すのが好きだった。

「なんだ……」

一通り目を通したあとに、拍子抜けしてスケッチブックを閉ざす。

そこに描かれていたものは、今見れば、稚拙《ちせつ》なものだ。勢いがあるけれど、幼く、どこかでさんざん表現し尽くされているパターンで、目新しさに欠けている。

でも、切ない。

当時、睡眠時間を削ってでも没頭した夢の片鱗《へんりん》が、色あせて蘇ったことが切ない。宝物のように感じていたけれど、もう違う。わたしは成長し、過去は遠ざかった。好きだった人ももう好きではない。

わたしは今、エデンの人々がくれる時間と食事をこよなく愛するけれど、食べたものが肉体の中で確実に消化され排泄《はいせつ》されるように、彼らの料理や、気配や、微笑《ほほえ》みや、言葉も、こんなふうに色あせてしまうものなのだろうか。

わたしは咄嗟《とっさ》に財布を握ると、玄関から外に飛び出した。一番近いコンビニまで走り、目につくものを片っ端からカゴに入れる。ビールやサワー、揚げ物が詰められた弁当を数種類、カツサンド、パック詰めされた餃子《ギョウザ》や唐揚《からあ》げ、総菜の数々、生クリームたっぷりのプリンやシュークリーム。

レジの店員は一瞬だけ目を見張ったものの、あとは無表情に会計をしてくれた。大きなレジ袋ふたつもの食料を手に、店から出る。

嫌な汗をかいていた。立ち止まると、永遠に次の一歩を踏み出せなくなる気がして、早足で、懸命に歩いた。

急がなくちゃ。急いで何かを食べなくちゃ。

晴香《はるか》が言うところのバランスが、今にも崩れ、立てなくなってしまう。

けれど――。

「あ……」

大通りの信号が、否応《いやおう》なしに足を止めさせる。しかしわたしが硬直したように動きを止めたのは、信号のせいばかりではなかった。

通りの反対側で、オレンジ色のライトに照らされて、道路工事が行われている。そこに、見知った人を見つけたのだ。

宇和島海斗《うわじまかいと》だ。

エデンから最初に派遣されてきた、仏頂面《ぶっちょうづら》で雑炊《ぞうすい》を作ってくれたあの彼が、工事現場にいる。汚れた作業着にヘルメットをかぶっているが、間違いない。あの長身、鍛えられたシルエットと、仏頂面。

海斗は長靴を履《は》き、手押し車に廃棄物のようなものを乗せて何往復もしている。ライトに汗が光り、離れていても彼が発する熱が伝わってくる。

なんて綺麗《きれい》なんだろう。埃《ほこり》だらけで、汗まみれであろうに、なんて……。

わたしはふらふらとその場を離れ、ひとつ離れた横断歩道を通って自宅に戻った。

玄関で靴を脱ぎ、レジ袋をおろすと、自分もぺたりと床に座り込んだ。

「……食べなくちゃ」

なにを？　なにを？

急に、今買い求めたばかりの品々が、忌《い》まわしいものに感じる。

食べなくちゃいけないの。ちゃんとしたものを。悠然が作ってくれたあの素晴らしい食事は、もうとっくに身体《からだ》の中から消えてなくなってしまったから。

たまらなくなって、携帯を取った。そして履歴から、ひと月前にかけた、エデンの電話番号を探し出した。

リピーターは基本、遅くとも二日前までに、WEB《ウェブ》から予約を入れることになっている。

でも、どうしても、今、来てほしい。

『もしもし』

三コールで、男の人が出る。なんとなく聞き覚えがある声だ。

「あの……」

一瞬だけ、言いよどんだけれど、すぐに早口で続けた。

「わたし、福原夏芽《ふくはらなつめ》です。一カ月前から、何回かそちらを利用してます」

『はい――福原さん。ありがとうございます。今日はどうされましたか』

温かみのある、落ち着いた声だ。優しくて、まるでなんでも聞いてあげるよ、言ってごらんと言われているような気さえした。

「すみません。ルール違反だってわかってるんです。でもわたし、どうしても、今夜……来ていただきたいんです！」

数秒の間が空いた。永遠のように感じられ、急に恥ずかしくなって電話を切ろうとした。

その時。

『いいですよ』

あっさりと、電話の向こうの相手は言った。

「えっ……でも、あまりにも急じゃ」

それに、時計を見れば、時刻は深夜十二時を過ぎている。

『僕が行きますから』

「あなたが」

『はい。エデンの倉木《くらき》です。買い物して行きますから、リクエストをお願いします』

倉木相馬《そうま》。何度もＨＰ《ホームページ》を見たからすぐにわかる。エデンの代表取締役その人ではないか。

『福原さん？』

はっとした。

わたしが今、食べたいもの……。

頭に浮かぶと同時に、答えていた。

「チャーハンが、食べたいんです」


冷静に考えてみれば、いくらシステム化されているサービスとはいえ、深夜に見知らぬ男を部屋に入れるのは、あまり誉められたことではない気がする。何かあったとしても、責められるのはわたしだろう。

でも、相馬を玄関で出迎えた瞬間に、そんな杞憂《きゆう》は消し飛んだ。

「こんばんは。いつもご利用ありがとうございます」

メットを片手に現れた相馬はにっこりと微笑んだ。とたんに狭い玄関が、ほっこりとした暖かい光で満たされた気がしたのだ。

相馬は、今まで来たどの男よりも、様子がよかった。年齢は二十代後半か、思ったよりも若いが、どこかどっしりと落ち着いている。背が高く、細身で、シンプルな白い長袖Tシャツとアーミーパンツに、革のブーツ。髪はやや長めだがカラーはしておらず、ごくナチュラルな感じだ。何より笑顔がとびきり自然で、電話越しの声そのものの、人を安心させる温かみに満ちている。

モデルや俳優と言っても通用しそうな整った面立《おもだ》ちと、人に見られることに慣れているような気配があり、実際、オーラがあった。

「突然で……ごめんなさい」

わたしはただただ申し訳なく思い、謝る。

「いいんですよ。突然何かを食べたくなることってありますよね。今時、スーパーも深夜までやってるところあるし」

相馬はそう言って買い物をしてきた袋を掲げる。

「じゃあ、さっそく作りますね」

「はい……」

夜中に突然何かを食べたくなったなら、深夜営業の店だってあるし、コンビニもある。

でもそれだけじゃないものを求めるから、わたしは電話をかけてしまったのだろう。

わたしは部屋の隅で膝《ひざ》をかかえ、相馬が調理をする様子を見ていた。今夜は、何もする気が起きなかった。

相馬が身につけたのは、右京《うきよう》と同じような黒のギャルソンエプロンだが、ずっと丈が長く、紐《ひも》を結ぶと腰の細さが強調され、さらにイケメン度が増す。

泣けてくる。初めてエデンを利用したあの日から、涙腺《るいせん》が弱くなっている。イケメンがわたしのキッチンでフライパンをふるう。その二の腕を見ているだけで、涙がこぼれる。

頼んだのはチャーハンだけだったが、今までからすると、ほかにもいろいろ作ってくれるのだろうか、とぼんやり考えた。正直、そんなに何かが食べたい気分ではなかった。

しかし、食卓に上ったものを見て、軽く驚いた。チャーハンだけ、だ。確かにかなり美《お》味《い》しそうだが、相馬はほかの男たちのようにテーブルのセッティングなどせず、ただ、リクエストされたものだけを作って、キッチンの戸棚にある皿に盛り、テーブルに置いた。

「どうぞ、召し上がれ」

ひとり分のみ。それも今までと違う。椅子を引くこともしない。戸惑いながらも、おずおずと椅子に腰掛ける。相馬は何も言わず、向かいに座って頰《ほお》づえをつき、わたしが食べるのを見守るようだ。

見たところ、少し変わったチャーハンだ。黄緑のものは何かと、一口食べる。

「……レタス」

話には聞いたことはあるが、レタスが入ったチャーハンを食べるのは初めてだった。卵とごはんがぱらりとして中華出汁《だし》も利いている。細かく刻んだネギやチャーシューが味に深みを与えている。

「うまい？」

と相馬は訊《き》いた。向こうから訊いてくるパターンも初めてだ。それがちっとも嫌な感じはしない。

わたしは、自分でも思ってもみなかったような言葉を口にする。

「お母さんが」

「うん」

「夜中に作ってくれたおにぎりみたいです」

相馬は破顔した。とても、とても嬉《うれ》しそうに。胸が、きゅうっと締めつけられる。わたしは顔を伏せた。

「どうしてですか？」

「なにが？」

「どうしてあなたたち、そんな嬉しそうな顔をするんですか?」

海斗も、右京も、悠然も。相馬も。

「うん。そのために、この仕事始めたようなもんだから」

「そのため?」

「今の、福原さんの顔。心から安心したみたいな」

「美味しい顔じゃなくて?」

「同じかなあ、意味的には」

顔を上げる。相馬はまだ頬づえをついて、じっとこちらを見ている。本当に顔が整っている人だ。

「うちね、母子家庭だったの」

突然彼がそんな話を始めたので、返答に困って黙り込んだ。

「小学生のころ、食生活悲惨《ひさん》だったんだよねー。母親は水商売で昼過ぎまで寝て、俺が学校から帰るともう仕事行ってて。テーブルに五百円玉か千円札が置いてあるの。で、食事はそのへんのコンビニ弁当。それも買いに行くのが億劫《おっくう》な時は何も食べずにコーラとかで腹ふくらませてごまかしたり」

「……お母さんを恨んだりした?」

「恨んだね」

さっぱりとした様子で相馬は答える。

「遠足とかみんな大体豪華な弁当じゃない？　俺だけ菓子パンで、まあそれをからかうヤツもいて。いわゆる反抗期には、荒れたね。母親だけじゃなくて、いなくなった父親や口先だけ親切ぶった先生とか、近所のおばちゃんとか、みんな嫌いだった」

「……今は、そんなふうに見えませんけど」

とても落ち着いているし、優しい気配に満ちている。

「うん。小六で、俺、大人になることにしたんだよ」

「小六……？」

「母親が栄養不足で身体壊して倒れて、俺も健康診断で引っかかったの。全国平均よりも身長も低いし体重もギリギリだって」

本当に、とてもそうは見えない。彼は今、百八十は超えているだろう。わたしの視線に気づいたのか、相馬は自分の頭に手をやった。

「育ったの。そっから。料理の本と栄養学の本、一冊ずつ図書館から借りてきて、自分で食事を作ることにしたんだ。母親が、料理にまで手が回らないなら、自分でやるしかないって。朝食も、夕飯も、ふたり分作った」

「お母さんと、自分の分？」

そう、と相馬は頷《うなず》いた。

「夏芽さん。最初にエデンに電話かけてきた時、怖いって言ったの憶《おぼ》えてる？」

わたしは頷いた。朦朧《もうろう》とした意識の中で、確かに、「怖い」「助けてほしい」と言った。

「俺もね、怖かった。小六の時。母親が死にそうになって、それが何より怖かった。日々の食事がちゃんとしていないことよりも、天涯孤独になるのが怖かった」

だから相馬は、料理を始めたのか。わたしは恥ずかしくて赤くなった。

「わたしは……自分が、誰にも知られずに死ぬんじゃないかって、怖かったんです」

「うん。怖かったね」

相馬は優しく受容する。わたしはまたうつむいた。

「あなたは小六で大人になったって。でもわたしは、二十八にもなるのに、まだ大人になりきれず、自分が本当に食べたいものも、本当にやりたいことも、本当に好きな人のことも、わからないままでいるの」

「それが苦しい？」

「夜中にチャーハンを作ってくれる人を、呼び出したいほどに」

「そう。じゃあ、食べて？」

わたしはうつむいたまま、再びチャーハンに口をつける。

わかっている。なぜ咄嗟に、これをオーダーしたのか。旦那《だんな》がチャーハンを作ってくれると言った晴香への、くだらない対抗心だ。

でも、それにしても美味しい。悔しいほどに、美味しいのだ。

「……どうしてチャーハンだけなんですか？」

ははは、と相馬は笑う。

「それだけで、いいんでしょ？」

「……はい」

夜中に買い物して、台所に立ってくれて、わたしのためだけに作ってくれる。味は最高。笑顔も最高。

「俺もね、夜中というか、明け方にもよく料理作ったよ」

「お母さんのために？」

「そう。明け方に、酔っぱらって帰ってきて、俺の布団に潜り込んできて、猫なで声で言うんだよ。『そうちゃあん、おかーさん、ラーメンが食べたぁい』って」

「それで作ったんですね」

「あと二時間で起きて学校行かなきゃならないのにね。作ったよ。リクエスト通り、ラーメンだけを。インスタントだけど、ネギ刻んで。卵ぱかっと割って」

わたしはテーブルの上の、たった一皿に目を落とす。

「ね、夏芽さん、あの時の俺の母親と同じ顔してる」

驚き、顔を上げると、相馬が笑っている。愛《いと》しみ、慈《いつく》しむように。恋人ではなく、まるで身内のように。

「ほらね」

「……どんな顔です？」

「甘えたいーって」

もう幾度目の不意打ちか。鼻の奥がつんと痛くなって涙がこぼれた。

海斗といい、相馬といい。どうしてテーブルを挟んで座る男に泣かされてしまうのか。

もうわかっている。

それは図星だからだ。

わたしは甘えたかった。男の人に、というよりも、自分以外の誰かに甘えたかった。小さな女の子に戻って、母親によしよしと頭を撫《な》でられたかった。だから、作ってくれるものは、我《わ》が儘《まま》を聞いてくれたものなら何でもよかった。

結婚した友達。天使のような子供。料理をする旦那。それとは違う。まるで違う。

わたしが欲したのは、きっともっとシンプルなもの。真夜中の、たった一皿のチャーハンや、幼い相馬が作ったであろう、明け方の、インスタントラーメンのように。

ただ、人と触れ合うこと。人が作った何かに深い部分で触れること。料理もそのひとつ。

わたしは泣きながら、がつがつとチャーハンを食べた。相馬は、もうずっと黙っていた。

海斗のように触れることなく、右京のように一緒に食事を楽しむわけでもなく、悠然のようにありがたい話を聞かせてくれるわけでもなかった。

ただ、そこにいてくれただけだ。

それから彼は、わたしが食べ終わると皿を洗ってくれ、必要以上のことはせずに、帰り支度をした。

「……倉木さん」

財布を持って慌《あわ》てて玄関へと追いかける。しかし相馬が提示したのは予想外の金額だった。パンツのポケットからレシートを一枚出し、

「六百五十二円だから……六百円ね」

「それは材料費ですよね。深夜料金ってあったんじゃないですか」

「ないよ。それに、材料費だけで今日はいいです」

えっ、とわたしは目を見張った。

「今夜はね、手抜き料理だったから」

手なんて抜かれてない。本当に美味しかったではないか。

「そんなわけには」

「言ったでしょ。明け方のラーメンみたいなもんだって。今回はオフレコで、次からはちゃんと予約入れて申し込んでくれればいいんです」

「それはもちろん……」

「でも、どうしてもどうしても、切羽詰まったら……また、電話ください」

「どうして?」

相馬はメットを片手に、にっと笑って、答えなかった。そしてそのまま、ドアが閉まり、遠ざかってゆく足音をわたしは聞いた。

どうして、だなんて。

訊かなくてもわかる。それが、相馬の、そこで働く男たちの、理念だからだ。弱ったり、切羽詰まったり、泣いたり、苦しんだりしている女たちのために、駆けつける。それが真夜中でも、おにぎりひとつのためでも。


「背中がしゃんとしてる」

二条可奈子が突然、そんなことを言いだした。わたしは、え？　と振り向く。

「夏芽ちゃん。いいことがあったでしょう」

そう問う可奈子は明らかに疲れている。

「最近、食事をちゃんとしているので」

エデンを利用するのは月一くらいと決め、自炊《じすい》を心がけるようになった。不要なものを捨て、水回りだけでも清潔を保ち、そうなると母からの野菜や米も、ちゃんと胃袋におさまるようになってきた。

すると不思議なもので、すべてが、完璧とまではいかなくても、まあまあうまく回るようになってきた。

「二条さん。わたし、次のI企画のコンペティションで提案したい事案があるんです」

わたしは思いきって言った。本来、それは可奈子がチーフとなって方向を決め、進める仕事だからだ。

可奈子はじっとこちらを見つめ、言った。

「いいよ、それ、やってみて」

「じゃあ、明日にも企画書とデザイン出します」

「一応、見るけれど、自分で進めていいです」

「それって……」

「あなたがチーフとなって進めてください。わたしはほかの企画で手一杯なので。近藤《こんどう》や坂下《さかした》に声かけて、五人くらいでチーム組んでやってみてください」

わたしは、大きく息を吸い込んだ。

「はいっ……」

ところで、と可奈子が訊く。

「ものは何なの?」

わたしは、真っすぐに可奈子を見据える。瞳が輝いているのが、自分でもわかる。嬉しくて、ドキドキしていた。

「男性向けエプロンの提案です」


記念すべき商品化一号を、渡す相手は決まっていた。

わたしはその日、初めて、エデンで指名をした。日曜日の夕方、現れた海斗は、二カ月前に工事現場で見かけた時よりは、幾分髪が伸びていて、それでもやっぱり愛想《あいそ》のなさは変わっていなかった。久しぶり、でもなければ、毎度ありがとうございます、でもなく、玄関に立った海斗は、

「白菜の重ね蒸《む》し？」

とだけ、訊いた。会うのは二回目なのに、ものすごく懐かしい感じがして、わたしは笑う。

「はい」

「俺が作るの、コンソメ風味だけど、いいっすか」

「もちろん」

海斗は頷き、やっぱり大きな荷物とともにキッチンに入ってきて、ざっとシンク周りを見ると、支度に取りかかった。

手を洗い、食材を出し、マイ包丁、マイまな板、マイ鍋を準備する。マイふきんを濡《ぬ》らし、絞って、まな板の下に広げる。

それから頭部をタオルで覆《おお》い、エプロンを――。

「待って」

わたしは彼を制し、用意してあったものを目の前に差し出した。

「これは？」

「わたしのアイデアが通って、男性向けエプロンのデザインに一からかかわることができたの。これはその商品一号。来月からデパートに並ぶんです」

「へえ……」

「海斗さん。もしよかったら、これを使ってください」

海斗は、エプロンとわたしを見比べるようにした。

「悪いけど、規則で……」

規則は知っている。代金以外のモノのやり取りをしない。

「でも海斗さん、こないだ、規則を破ったでしょう」

身体的接触は一切ナシ。海斗は眉をひそめる。

「あれは」

「わたし、あれでずいぶん元気もらいました」

決めていた。すべて、正直に言う。

「嬉しかった。誤解ないように言うけれど、色恋一切抜きです」

本当は一切、ではないかもしれない。でもそう告げることが、エプロンを受け取ってもらう最適な方法だ。

「感謝の気持ちです。規則を破ってくれたことへの。規則を破って、エプロンをもらってほしいんです」

海斗は、すると、苦笑した。

まいったぜ、とでも言うように。胸がきゅっとなったが、実際にエプロンを身につけてくれ、その姿を見たら、さらにきゅんとする。

エプロンは、男性向けに企画開発された。今までシンプルなものしか市場に出回っていなかったけれど、わたしがデザインしたのは、華やかな柄のものが多い。海斗のような男に、女物の花柄のエプロンが似合うのなら、それをサイズぴったりにして、デザインももう少し機能的にして、と考えた結果だ。

今贈った品は、薄手のホワイトデニム生地に、黒とシルバーの刺繍《ししゅう》糸で大胆な幾何学模様が入っている。

「ありがとう」

海斗は照れた様子で言い、わたしは、なんとなく感無量で、ただただ、頷いた。

それから海斗は一時間かけて料理を作ってくれた。セッティングされたテーブルには、リクエストした白菜の重ね蒸しと、それから、オムライスが出てきた。

問うように海斗を見ると。

「前回の。次にここに来ることがあったら、その時は作ろうと思ってた」

静かな眼差《まなざ》しと静かな声で海斗が言う。エプロンをつけたまま、彼は向かいに座った。

「話を……」

「え？」

「一緒に食べながら、話をしてもいい？」

海斗は首の後ろをかく。

「俺、話すの下手だけど……いいよ」

何から訊こう。どうしてこの仕事に就いたのか。わたしの部屋を最初に見て、顔色ひとつ変えずにキッチンを掃除し、雑炊を作ってくれた彼のことだから。閉じたままだったダンボールを開け、野菜たちを救出してくれた人だから。きっと、相馬と同じように、きっかけは、自分以外の誰かのためだったのではないか。

その話を聞きたかった。

わたしも、少しでも彼らのようになりたい。

ちゃんと、美しく、生きたい。

懸命に……諦《あきら》めることなく。

そしていつか、誰かのためにごはんを作ろう。優しい味のごはんを作ろう。

「あのね、わたし――――」

海斗が耳を傾けてくれる。休日の夜、エプロンを身につけた、恋人ではない男と、一緒に食卓を囲む。

先のことはわからない。でもこの瞬間、わたしはとても嬉しくて……幸せだなと、確かに、そう思うのだった。

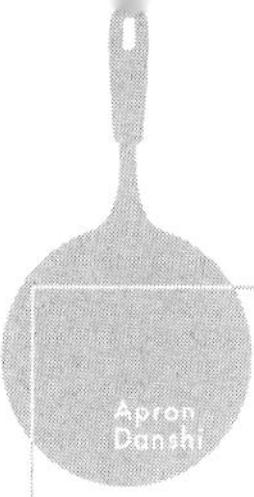

第2話　相馬のapron

～ご飯の支度に薔薇一輪～

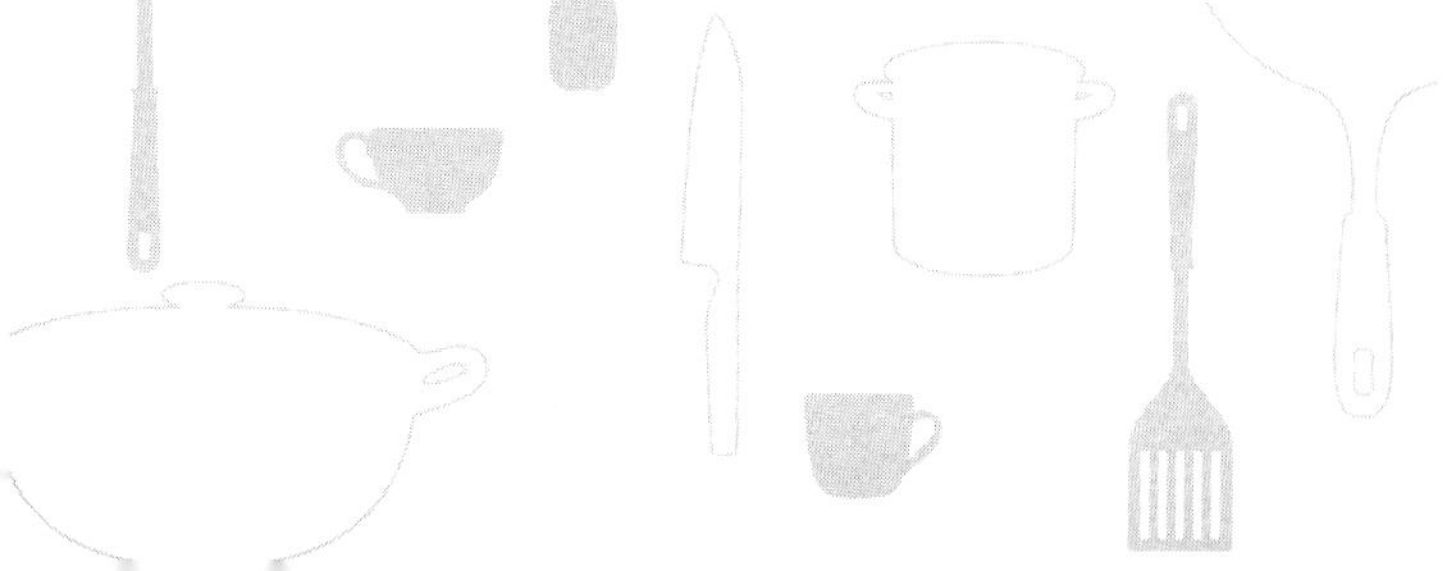

table.1

レンズ豆と豚バラのスープ

彼女が迷い込んできたのは、小雪がちらつく、ある冬の寒い夜のことだった。

この日、都内は朝から終日冷え込みが厳しく、夕方になって降り出した雪は、時折雨に変わって本格的に積もる様子はなかったが、かえって寒さを増しているようだった。俺は自宅の調理場でスープを作っていた。

自宅といっても、もとは飲み屋だった店を少しリフォームしただけで、普段の料理は飲み屋時代の調理場をそのまま使っている。間口が狭く奥行きがある構造で、一階は調理場とカウンター、椅子を八脚ほど置けば、あとは人がひとりやっと通れるだけのスペースしかない。さらに奥には四畳半ほどの和室があるものの、一階にいる時、俺はほとんどをこの調理場で過ごす。

あくまでも、ここは自宅だ。そのため看板も暖簾《のれん》も出してはいないのだが、時々、人が勘違いして入り込む。

今晩のように。

料理をしていると、ガラス戸がかすかに鳴った。見れば人影が映っている。中に入ろうとして、躊躇《ちゆうちよ》したようで、ドアの縁に白い指がかかっていた。

「どうぞ」

と俺は言ってみた。繰り返すが、ここは店ではない。飲食を提供する商売は、ほかでやっている。

びくっと影が動いて、指が引っ込んだ。

やれやれ。

俺はカウンターを回り込み、自らの手でガラス戸を開いた。するとそこに、女が身を縮めるようにして立っていた。

歳《とし》の頃は、四十代後半くらいか。

街灯に照らされた顔は青白く、湿気を含んだ肩までの髪は乱れている。きちんと化粧をして、上品で暖かそうなコートを着ている……にもかかわらず、足元は靴下にサンダルだ。

冷えきっているのが一目でわかった。

そして空腹。

それは間違いがなさそうだ。であれば、俺が次に取る行動は決まってくる。

「入りますか？」

引き戸をさらに大きく開くと、女は驚いた様子で目を見張った。

「あの……でも、ここは、お店ではないのでしょう？」

「普通の家ですね。でもちょうど、スープが出来上がっているので、もし夕飯がまだだったら一緒にどうですか」

「……ダメよ、そんなの」

眉を寄せて、さもうさん臭そうに首を振る。まあ、ここまでは至極当たり前の反応。ただし、次に続く言葉がちょっと変わっていた。

「あなたね。そんなに簡単に、初対面の、素性がわからない女を家に入れてはいけないわ。もしもわたしが悪人だったらどうするの」

その言い方が、本当に俺を心配するような感じだったので。俺はもう、どうしても彼女の空腹を満たしてやりたくなってしまった。

「あなたは悪人じゃないでしょう？」

「わからないでしょ、そんなこと」

「これでも人を見る目はあるんです。あなたは雨に濡《ぬ》れていて、腹が減っている。俺も腹が減っている。すぐそこに食べ物が用意できている。それ以上でも、それ以下のことでもないですよ」

「でもわたし……あの、ちょっと通りかかっただけなの」

「はい」

「駅に行こうとしていて。すぐそこの花屋さんの軒先《のき》に好きなお花があったから、思わず足を止めて。そうしたら、とてもいい匂いがしたから」

そんなふうに路地裏を覗《のぞ》く者は時々いる。そのまま、ここを店と勘違いして入ってくる者も。

「そういうことなら、なおさら、どうぞ」

俺は脇にどいて、中に入るよう促《うなが》した。彼女は何か眩《まぶ》しいものを見るような顔で、調理場を見やり、そして、ふらふらと吸い込まれるようにして足を踏み入れる。

調理場を使っていたのと、石油ストーブを燃やしているため、室内は暖かいはずだ。それでも彼女は途方に暮れた様子で突っ立っている。

「どうぞ座って」

彼女はおずおずとコートを脱いだ。俺は軽く目を見張る。

コートの下に、彼女は、エプロンを身につけたままだったのだ。

グレーのセーターに膝丈《ひざたけ》のスカート、そして、白地にリーフ柄のエプロンをしている。

普通の主婦が、ちょっと夕飯の食材に買い忘れがあって出てきた、といった装《よそお》いだ。

駅に行こうとしていたと言わなかったか。

サンダルで？　エプロンをしたまま？

よほど何か切羽詰まっていたのか。実際、今も、自分の服装のことなど気づかぬ様子で、椅子に座り、あちらこちらを見渡している。

「驚いた……本当にお店みたいなのねえ」

「以前はね」

もと飲み屋の調理場は、決して広くはないが、使い勝手はいい。業務用の冷蔵庫も役立っている。普段、この調理場は俺以外の人間も頻繁《ひんぱん》に出入りする。彼らは勝手に調理道具を使い、合間にカウンターの向こうで本を読んだり、奥の和室で寝転がってテレビを観たりと、いろいろだ。

いつもなら、誰かしらが訪れる時間だが、今日はたまたまひとりだった。

俺は彼女にタオルを貸してやり、スープの煮え具合を確認した。すると、

「あの……あなた、お名前は？」

遠慮がちに彼女が訊《き》く。はっきり言って互いに名乗る必要もなさそうなものだが、彼女はきちんとしたいタイプなのだろう。人柄と育ちのよさが佇《たたず》まいからも窺《うかが》える。

「倉木《くらき》です。倉木相馬《そうま》」

彼女はひとつ、頷《うなず》いた。

「あの……わたしは、合田《ごうだ》です。合田美佐子《みさこ》」

カウンターの向こうの彼女は、外で見た時よりもずっと小さく見える。丸顔で、肩や二の腕の肉付きはよく、どちらかといえば小太りだが、縮こまっている。まだまだ寒くて、腹が減っている。そんな感じだ。

俺はまずホットワインを出してやった。

「飲めます？」

「……ありがとう」

彼女は陶器のコップを両手で包み込むようにした。それから、ふと顔を上げて訊く。

「前はお店をやってらしたの？」

「いや。売りに出されていたのを俺が買っただけです。前の店主が年齢的に店をやれなくなったらしくて」

「じゃあ、お仕事は何を？」

俺に質問することにより、彼女は安心したいのかもしれない。この奇妙な状況に。

「あなたが今座っている椅子」

「え？　椅子？」

「そういうのを、隣の倉庫で作ってるんです」

「家具職人さんなの」

「テーブルと椅子だけね」

　俺はカウンター越しに皿を出した。こうしていると本当に店をやっている気分になる。ただ、ここで何かしらの営業をするつもりはなかった。ここは自宅であり、あとは、副業のベースステーションのようなものだ。

「美味《おい》しそう……」

　時間をかけてストーブで煮込んだレンズ豆のスープは、豚《ぶた》バラ肉の塊《かたまり》が絶妙な柔らかさに仕上がっている。ほかにガーリックトーストと、オーブンで温めた温野菜のサラダも添える。カウンターを回り込み、ひとつ椅子を空けて彼女、合田美佐子の隣に座った。

「いただきます」

　俺は先に食事を始めた。少し遅れて、

「……いただきます」

　消え入りそうな声で美佐子も言い、スプーンを手に取った。一口食べて、眉間《みけん》のあたりがぱっと開く。その瞬間が好きだ。

「美味しい」

「お代わりもありますよ」

彼女は頷き、続いてがつがつとスープを口に運び始めた。かと思えばぴたりと手を止め、細かく震え始めたのだった。

顔を覆《おお》う。嗚咽《おえつ》が漏《も》れる。

泣いているのだ。

ここに迷い込んできて、食事をし、こんなふうに泣く人間を見るのは初めてではない。食事は。いつだって、人間の心の奥へとアプローチする。どんなに用心深い人間も、どんなに非道と呼ばれる人間も、男も女も、子供も老人も、味覚への刺激にはいつだって無防備だ。

俺は立ったついでにティッシュの箱をカウンターに置き、調理場に戻ってフライパンを火にかけた。ちょうどショートパスタが茹《ゆ》で上がったので、温めたトマトソースに絡め、モッツァレラチーズとバジルの葉を散らす。

パスタの皿をカウンターに置く。

彼女が顔を覆っていた手をどける。真っ赤な目をして、まだ泣きながら、新たな皿に手をつける。

食欲があるのはいいことだ。

結局、人間は、食べている者が生き残るようになっている。

俺は最後に、林檎《りんご》を飴《あめ》色にソテーしてバニラアイスを添えた。ケトルで湯を沸かし、紅茶を淹《い》れ、きちんとトレーに載せて美佐子の前に置く。

一通り食事を終えて、惚《ほう》けたように宙を見つめていた彼女は、はっと瞳を瞬《また》いた。

「ご、ごめんなさい」

「ん?」

「わたしったら、図々《ずうずう》しく、こんなにたくさんご馳走《ちそう》になっちゃって」

「大丈夫。よかったらデザートも食べて」

「デザート」

彼女は、じっとカウンターの上のひとり分の皿を見つめた。

「……これ、わたしのために?」

「もちろん」

あとから。時間が経っても、この時の彼女の顔が忘れられなかった。

ちょっと印象的な切なさが滲《にじ》んでいた。

美佐子はもう泣かなかった。ただ、眉をほんの少しだけ寄せ、伏し目がちの瞳で、静かに皿を見ただけだ。

「甘いもの嫌いでした？」

「いいえ」

首を振る。皿に添えたフォークを手に、即席デザートを口に運ぶ。そして呟《つぶや》いた。

「不思議だわ」

「何が？」

「初対面の人が、このわたしのために料理を振る舞ってくれるなんて。デザートまで」

「うん。料理するの好きだから」

「……そうなのねえ」

美佐子は、寂しそうに笑う。

「わたしも、好きだったはずなんだけどねえ。家族のためにごはんを作るのが」

エプロンをしたまま家を出てくるくらいだから、混乱していても背筋を伸ばして食事をするくらいだから、彼女は普段、食事作りや掃除をきちんとこなす人間なのだろう。

「今は、好きじゃない？」

「嫌いだわ」

微笑《ほほえ》みを凍りつかせて、彼女は言った。

「ごはんを作ったら、誰かが食べる前に片っ端からゴミ箱に捨ててしまいたくなる」

「それは……」

　駄目だ。口に入れるものを作る時に、負の感情を抱いていてはいけない。食事は本来、幸福なものであるべきだ。

「どうしたら、また好きになれる?」

「わからないわ。自分でも今の状況がよくないってわかってはいるんだけれど……どうしても、台所に立つ気持ちになれないの」

「そういう時は、無理にやらなくてもいいんじゃない?」

「わたしもそう思うんだけど、でもねえ」

　美佐子はそこで黙り込み、最後の一皿を綺麗《きれい》に食べた。

「ごちそうさま」

　やがて呟き、立つと、コートとともに隣の椅子の上に置いてあった小さなショルダーバッグから、財布を取り出す。

「お礼をさせて」

　そう来たか。

「店じゃないから」

「でも、しっかり食べちゃったし。このまま帰るなんてできない」

「大丈夫」

「じゃあ……そうだ。あなたが作った家具を買わせて？」

「家具？　何を？」

「なんでもいい。椅子でもテーブルでも、買うわ。お金なら、おろしたばかりだから持っているのよ」

俺は真っすぐに彼女を見た。

「悪いけど。家具は、〝なんでもいい〟なんて言う人間には売れない」

「……」

「だって、かわいそうでしょう？」

真顔のままさらに言うと、彼女は行き場をなくした迷子のような顔をした。

「本当だわ」

涙声で呟く。

「わたしってば、失礼なことばかり」

俺はコートを彼女の肩にかけてやった。

「本当に気にしないで。遅いから、気をつけて、真っすぐに家に帰って」

「いいえ。このままじゃ、帰れない」

「帰れます。腹も満たしたし、冷えも取れた。あとは家に帰って風呂に入って寝るだけです」

「でも、あまりにも申し訳ないもの。せめてお皿を洗わせて」

一見柔らかな印象なのに、生真面目で融通がきかないタイプらしい。

「うーん。じゃあコレを」

俺は一枚のカードを彼女に手渡す。やめたほうがいい、と思わないわけではなかった。なんのために紹介制度を利用している？　一方で、彼女のような人をひとりでも救うために、俺はこの仕事を始めたのだ、という気持ちもある。そして結局はその気持ちを優先させることが、これまでの経験からもわかっていた。

彼女はじっとカードを見つめた。

「〝エデン〟？」

「そう。なんでも作るよ。料金も頂戴《ちょうだい》している」

「なんでも？」

「なんでも。食材が普通に調達できるものであれば」

副業〝エデン〟。三年前、この場所を買い取ったと同時に始めた。有《あ》り体《てい》に言えば、出張シェフだ。依頼人の家まで出かけてゆき、望まれる料理を提供する。

システムをざっと説明すると、彼女は、瞬きもしない瞳で俺を見つめた。それから再び、財布を取り出す。

「前払いでもいいの？」

「え？」

ふふっと笑う顔が、この日初めて見た笑顔だった。悪戯《いたずら》好きな少女のような笑顔のまま、美佐子は言った。

「ここに十万円あります。さっき、銀行のＡＴＭでおろしたばかりなの。わたし、こないだ病気して、その保険金が下りたから」

「保険金？　ちょっと待っ……」

美佐子は万札を十枚、カウンターの上に並べた。

「これで依頼します。十万円で可能な日数、うちに来て、ごはんを作ってくださいな。わたしだけのために」

table.2

バゲットと空豆のポタージュ

自宅の出入り口は狭い路地を一本奥に入った場所にある。表通りに面した花屋と、裏通りに面した材木屋に挟まれた家は、間口たったの二メートル強、築三十五年の古い建物だ。もともとは飲み屋だったこの建物を俺が買ったのは、隣接する材木屋の倉庫が本業にちょうどいいのと、なんといっても、店のカウンターが気に入ったからだ。

ガラス戸を開けて中に入れば、思いのほか奥行きがある。奥に伸びる三メートルのカウンターは堅牢《けんろう》な胡桃《くるみ》材で、節も少ない銘木《めいぼく》で造作《ぞうさく》されている。建物そのものよりも、ひょっとしたら価値が高い。少なくとも俺にとってはそうだった。

いつの頃からか、良質な木で作ったテーブルや椅子というものに魅《ひ》かれ、高校卒業と同時に縁があって金沢《かなざわ》の家具職人に弟子入りした。

生まれ育った東京に戻り、工房を持つと同時にエデンをスタートさせたのは、母が死んだからだ。

以来、木材でテーブルを作りながら、一方で、料理もした。たくさんのキッチンで食事を作り、さまざまなテーブルの上に並べ続けた。

そんなことをしつつ、路地裏の家に迷い込んだ者は招き入れる。

しかしそれが二日続くのもまた珍しいことではあった。

「相馬《そうま》さん。頼まれてたパン買ってきましたよ」

宇和島海斗《うわじまかいと》は夕方、ふらりと姿を現すことが多い。現れては飯を食っていくが、俺が作ることもあれば、彼が作ることも多かった。

自宅の隣の工房で、新作の椅子の仕上げに入っていた俺は、手を休めることなく背後に声を投げる。

「冷蔵庫にパテあるから」

「了解」

いつもなら。その一言だけで、海斗はたくさんの働きをする。パテを出して切り、冷蔵庫の中身を見繕《みつくろ》って自分でも一品か二品は用意するだろう。パンは頃合いを見計らって余熱済みのオーブンで温めるだろうし、ワイングラスを冷やすのも忘れない。

そういう男だ。

しかしこの日は違った。海斗の、困っているような気配を背後に感じ、振り向いた俺を、見知らぬ少女が挑むような顔で睨《にら》みつけていた。

濃紺のセーラー服を着ている。女子高生にしてはやや幼い顔立ち。中学生か。肩までの真っすぐな髪に黒目がちの瞳。口はへの字に曲げられたままで、せっかく綺麗《きれい》な額をしているのに、眉間《みけん》に皺《しわ》を刻んでいる。

そして縮こまっていた。

またか。

俺は手についたオガクズを払って立った。海斗が、申し訳なさそうに言う。

「……すぐそこの。自販機の陰で、座り込んでて」

花屋の角からこの路地裏に入ってすぐのところに、確かに自販機がある。

「どのくらいそこに座っててんのかって訊《き》いたら、三時間くらいだって言うもんで」

なるほど。

「家出？」

俺が訊くと、彼女は噛《か》みつくような勢いで否定した。

「違う！」

それから、自分の声の大きさに自分でも驚いた様子で、バツが悪そうに視線をそらす。

「あたしは、ただ、ちょっと……休んでただけだよ」

三時間もね。

「別に放っておいてって言ったのに、この人が無理矢理ここに」

おいおい、といった目で海斗は少女を見る。

「腹減ってるって言っただろ」

「減ってない！」

面白い。海斗が明らかに困っている。滅多に感情を出さないヤツなのに。

「あのさ」

俺は助け船を出してやることにした。

「君、何歳？」

少女は少し間を置いて、

「十六」

と答える。

「十四歳？」

明らかに狼狽《ろうばい》した顔。本当はなかなか素直らしい。

「な、なんでよっ……十六だってば」

「あーはいはい」

こういう場合、少年少女たちはなぜだか二、三歳ほど年齢を上乗せするものだ。俺もかってそうだった。

「俺たち、これから飯なの」

「……それが？」

「君が空腹なら、食事を提供する。でもそうじゃないなら、今すぐに帰りな。十四……じゃなくて十六歳なら、自分で決められるだろ？　君が言うようにそこのお兄さんが本当に無理矢理君をここに連れてきたんなら、俺たち犯罪者になっちまうからさ」

少女は黙り込んだ。海斗が、気遣うように彼女を見下ろしている。

まったく。俺は海斗のほうを小突きたかった。

その子はおまえの妹じゃない。

「行こうぜ。腹満たしてから帰んな。俺たち悪い連中とは違うから」

海斗は強面《こわもて》なので、顔だけ見ればずいぶんと説得力がない。それでも少女は、頷《うなず》いた。

「……行く」

今週は奇妙な来客を迎え入れる定めらしい。

「わかった。じゃあ、海斗、お前に任せる。もう少ししたら行くから」

海斗は頷き、少女を伴《ともな》って工房を出て行った。

それから三十分くらいして、俺はキリのいいところで作業を終え、オガクズだらけの革のエプロンを外し、住居のほうへと回った。

すでにいい匂いがしてきている。海斗はこぎれいなエプロンをして、調理場に立っていた。例の少女はカウンターの一番奥で、スマホとにらめっこしている。彼女の目の前には湯気《ゆげ》を立てる花柄のマグカップ。あれは海斗の私物だ。

カウンターにはパテのほか、アボカドディップ、プチトマトとブラックオリーブの和《あ》え物、カボチャとリコッタチーズとアーモンドスライスのディップ等々、つまり、バゲットに最適な組み合わせが並んでいた。

程よく温められてスライスされたバゲットの皮が、まだパチパチと言っている。小麦のいい香りが周囲に漂う。

「よく買えたなー、夕方の限定は確か」

「二十本」

「客層は？」

「女ばっかですよ。男は俺くらい」

それもそのはず、海斗に頼んだこのバゲットは住宅街にある小さなパン屋のものだ。早朝と夕方、数量限定で出すバゲットやカンパーニュが人気で、あっという間に売りきれてしまう。

「ほら、先食べな」

海斗が空豆のポタージュを、少女の前に置いている。少女はちらっと皿を見たが、すぐにまたスマホの画面に視線を戻した。

「冷めないうちに食えよ」

海斗は静かに言って、再び料理の続きに戻る。俺もカウンターの中に入ろうとした時、ガラリと前触れもなくガラス戸が開いた。

「こんちー」

少女がびくっとしてそちらを見る。俺や海斗は驚かなかった。

「いーい匂い！　あー、それ〝ソレイユ〟のバゲットじゃん？」

入ってくるなりカウンターの上に目を走らせた右京《うきょう》が、嬉《うれ》しそうな声をあげる。

海斗と右京は見た目も性格も対照的だ。海斗が常に洗いざらしのシャツやデニムといった、無駄を削《そ》ぎ落としたような服装と佇《たたず》まいなのに比べ、右京は若者らしくファッションに気を使い、たとえば何の変哲もなさそうなTシャツでさえこだわりがある。

「やったね。アタリの日に来ちゃったなあ」

右京は楽しそうに言ってバゲットのスライスをつまみ食いする。

「うまっ。なにこれ。どんな酵母《こうぼ》使ってんだろ」

エデンの中でパン作りをもっとも極めているのは、この右京だ。海斗はどちらかというと和食や中華を得意とする。

勝手にバゲットを咀嚼《そしゃく》しながら、右京はようやく見知らぬ少女の存在に気づいた様子で、俺に訊いた。

「どしたの、あの女の子」

「海斗の客」

「へーえ?」

小首を傾《かし》げ、屈託ない様子で右京は少女に話しかける。

「名前は?　あ、俺は右京ね」

少女はまたちらりとスマホから目を外す。無視するかと思いきや、小さな声で答えた。

「……琴音《ことね》」

「何歳?」

少女、琴音は気まずそうに俺を見る。

「……十四」

おや、今度は正直に答えた。

「なんだ。中坊かー。そういやその制服見覚えある。M女子学院でしょ？　お嬢様じゃん」

右京はあっけらかんと言いながら、彼女の手前に腰掛けた。琴音はじっと右京を見る。歳《とし》が近いせいか、あまり警戒している様子はない。

「あれ、ポタージュ食べないの？　冷めないうちに食べよ。海斗さんの、絶品だから。ねー海斗さん、俺にも……」

言い終わらないうちに、海斗がどん、とポタージュの皿を右京の前に置く。

「さっすが」

右京はにこにこと笑っている。本当に、右京がいると、場の空気がのほほんと平和なものになる。貴重な取り柄だ。

右京がポタージュを食べ始めると、琴音も静かにスプーンを口に運び始めた。だんだんとそのスピードが増す。海斗がほっとした様子でそれを見やる。右京は屈託なく琴音に話しかけながら、スライスしたバゲットに次々と手を出す。俺は苦笑して言った。

「味わって食えよ。海斗が主婦たちにまざって一時間半も並んで買ってきてくれたんだぞ」

「まじで？　そりゃーウケる」

右京は楽しそうだが、海斗の表情は動かない。本来、どこまでも、無駄というものがないのが彼なのだ。

宇和島海斗。二十九歳。静岡県出身。幼い頃に両親が離婚、以降はほぼ育児放棄され、十一歳の時、八歳年下の、腹違いの妹とともに児童養護施設に保護された。

彼のことは、俺がスカウトした。繁華街の深夜営業をしているスーパーの野菜売り場でだ。

ひどく丁寧に野菜を選んでいる彼に直感めいたものを感じ、家に呼んだ。エデンのスタッフとしてそれとなく勝手に面接をし、話をもちかけた。

海斗の返事は一発だった。

金になるなら。

あとから知ったことだが、海斗は定時制の高校を出てはいるが、定職に就いているわけではなかった。無愛想すぎて人に怖がられたり、誤解を受けたり、ぬれぎぬを着せられたりして、就職しても長続きしなかったという。

それでも彼は、おそらくエデンの中で誰よりも、身を粉《こ》にして働いている。いくつかのバイトを掛け持ちし、日給はいいが危険を伴う高層ビルの窓掃除のバイトもしているはずだ。

いつか来る日のために、まとまった金を貯《た》めておく必要が、彼にはあるのだ。

それでも金銭だけが目的ならば、エデンのスタッフは務まらない。海斗には料理への確かな気持ちと、それを食す客への温かな眼差《まなざ》しがある。

右京もまた同じだった。右京は人ではなく、どちらかといえば己《おのれ》自身への挑戦のような目的でエデンに所属している。自分の腕で、人の心をどれほど動かせるのか、常に研究熱心だし、今も食べるだけではなく、ノートを出して、評判のバゲットの材料と分量らしきものを書き出している。

「うーん、粉ははるゆたかとミナミノカオリのブレンドだと思うんだよねー。酵母は多分、フルーツ系かな。でも干しぶどうじゃなさそうだし、林檎《りんご》とも違うし」

「果物じゃなくて米、じゃね？」

ぼそっと海斗が意見を述べる。

「米？　そうかなあ。米の酵母ってもっと違う粘りが出るもんだけど」

「八海山《はっかいさん》の味に似てる」

その一言で、俺と右京は同時に納得した。

「うん、確かに」

海斗の味覚は鋭い。たとえば二十種類くらいのスパイスを使用しカレーを作ったとしても、海斗なら、すべてを言い当てることができるだろう。

「ワインもいーの出してんね。飲みたいなあ」

右京がうっとりとボトルを見つめた。

「だめ。おまえ、これから西荻窪《にしおぎくぼ》だろ」

エデンの常連から、右京の指名が入っている。

「そー。ちょっといくつか見繕ってくよ」

派遣シェフたちは、仕事の前にここに寄り、冷蔵庫や貯蔵室から食材を調達してゆく。足りないものは途中で購入する。二本向こうの通り沿いに深夜営業もしている、なかなか品揃《ぞろ》えのいいスーパーがあり、隣は花屋だ。

その花屋とはすっかり近所のよしみで、時折花を譲ってくれる。俺も料理を作りすぎた時は隣に持ってゆくから、まあお互い様だ。

今日は奥の和室の座卓に、白とピンクの薔薇《ばら》が花瓶《かびん》に生けてあった。

右京は必ず、花を一輪持ってゆく。客が男でも女でも。テーブルをきちんとセッティングするのが右京の美学だ。

「西荻窪……」

珍しく、海斗が眉をひそめた。

「おまえ、その客何回目」

「んー、十回目くらい？　ねえ、相馬さん」

「まあそうだな」

海斗の懸念《けねん》はわかる。たび重なる指名は、時に厄介《やっかい》な揉《も》めごとを起こす。特に右京は愛《あい》想《そ》がいいから、女性客には人気だ。

西荻窪の客は建設会社の受付をしている二十三歳の女だ。エデンの利用客は、圧倒的に女性が多い。水商売の関係者も少なくない。仕事を終えたあと食事をしに行くのが面倒で、一刻も早く自宅でくつろぎたい、うまいものを食べたい、できるだけ誰にも煩《わずら》わされずに。そんなニーズがある。

そのニーズを満たすだけなら問題はないが、男女の関係を持ち込まれると厄介だ。

「美和《みわ》さんねぇ、さっぱりしていそうでけっこう情深い感じだからなあ」

「右京」

俺は右京を睨みつける。やべ、と右京は口に手を当てた。ルールとして、客のプライバシーに関することや、うわさ話は口にしない。たとえエデンの仲間同士でも。必要な情報があれば俺だけに告げる。俺は次回、依頼や指名が入った時のために、その情報を管理する。

西荻窪の長谷川《はせがわ》美和が、少しずつ右京に執着を見せている様子は、聞いていた。料理をしている時も傍《かたわ》らから離れず、時には誘うようなそぶりを見せるという。

「俺が行こうか、今日は」

海斗が事情を察し、申し出た。右京は首を振る。

「さんきゅ。でもさ、今日は、あの人、俺が来ると思ってるわけでしょ。それ裏切るようなことをすると、けっこうへこむと思うんだよねえ。仕事がオフの日にデートの約束も入れずにさ、俺が作った飯を食いたいってんだから」

こういうところが、右京が人に愛されるゆえんなのだろう。

「次回からはうまく指名が入らないように調整するから。今日だけは、ごめんな」

「いーって。俺、ちゃんと愛をもってはぐらかすのうまいから」

実際その通りなのだろう。そういう時に相手の女を不快にさせずに誘いをかわせるのは、基本、右京が彼女たちを嫌わず、逆に温かな気持ちで接するからだ。

彼のそういった美点は、はじめはわからなかった。右京は俺が行きつけのカフェでアルバイトをしていたのを誘ったのだ。オーナーは俺の家具のほうの顧客で、店の椅子を新しくするために打ち合わせに訪れていた際、偶然、右京が作ったまかないを食べる機会があった。その、手を抜かない、きっちりとした仕事に感心し、ピンときたというわけだ。

「じゃ、そろそろ行きます。相馬さん、薔薇もらってくね」

「ああ」

「琴音ちゃんも、また来なよ。ぼろい家だけど、ごはんだけは美味《おい》しいから」

勝手なことを。女子中学生が保護者の許可もなく頻繁《ひんぱん》に出入りするのは、あまり喜ばしいことではない。それでも琴音が小さく頷いたので、少々驚く。見ればちゃんと出されたものを完食している。

右京は大きなデイバッグに食材と花を忘れずに、それから最後にもう一枚とばかり、バゲットのスライスをかじりながら出て行こうとする。

ガラス戸を閉める直前に振り返り、

「そういや海斗さん、そのエプロンすんげー似合ってる」

とにやにやしながら言った。

海斗は仏頂面《ぶっちょうづら》で舌打ちする。面白いので横目で見ていると、じろりと俺を睨んだ。

「なんすか」

「いや別に」

「……花なんか持ってくから」

海斗は仕返しのように言う。

「客に誤解される」

「誤解させてはいけないが、ある程度の心地よさも提供したいだろ。右京の場合はその辺のバランスがちゃんとしてるよ」

海斗はさらに渋面《じゅうめん》になり、カウンターに視線を落とす。

「すんません」

「ん？」

「コレ。客からもらってしまいました」

「夏芽《なつめ》さんだろ？」

「……はい」

エデンのルールでは、客から、決められた謝礼以外の金品は受け取らないことになっている。しかし、時に例外も存在する。

「いいよ」

「……俺は別に、やましい気持ちは何も」

「おう。だから、彼女、最近元気なんだろ？」

福原《ふくはら》夏芽には俺も深夜にチャーハンを作ってやったことがある。彼女はそれから、ただ一度だけ海斗を指名し、以降は月に一度くらいの頻度で予約を入れてくるが、特に誰かを指名することはしていない。

それは彼女が健《すこ》やかに自分のバランスを保てていることを意味する。そして海斗が身につけているエプロンも、彼女が癒《い》えて先に進む過程に存在したものなのだろう。

だから俺は何も言わない。お互いに客とのやり取りは必要なこと以外は口にしないが、俺も、ルールを設けておきながら例外も多く体験している。

たとえば先日出会った合田美佐子《ごうだみさこ》がそのいい例だ。ここを偶然訪れた者に、エデンのカードを渡すなんて。

「ねえ」

ずっと黙っていた少女、琴音が、いきなり声をあげた。

「あなたたち、料理人なの？」

海斗の手際のよさや、右京との会話に耳を澄ませていたのだろう。俺は慎重に応じる。

「だとしたら？」

「だとしたら、お願いしたいことがある」

未成年からエデンの依頼を受けることはできない。保護者の同意があるならともかく。

「あのね」

「料理、教えてくれない？」

意外な頼みに、俺と海斗は一瞬だけ目を合わせる。海斗が訊いた。

「料理を？　あんたに？」

「そう。毎日コンビニとか、ファミレスのごはんに嫌気がさしちゃって」

まいったな。

俺の中の、小さな扉が開く。開いてしまう。子供が、コンビニ食を食べざるを得ない状況に、幼い日の自分を重ねてしまう。

俺は深くため息をついて、琴音の隣に腰掛けた。頬《ほお》づえをつき、その、人形のように整った顔を間近に見る。

「ちゃんと説明しな」

どうやら名門女子校に通う、どう見ても育ちのいい子供が。

「どうしてそんなはめになってる？」

「うん」

琴音は頷いた。

「お母さんが、男と逃げたの」

驚きの内容を、畳《たた》みかけるように話す。

「お父さんも、それ以来ほとんど家に帰ってこない。お金だけくれるけど、あの家であたしとふたりきりっていう状況が嫌みたい」

「……それで？」

「洗濯はなんとかできるけど、ごはんが困っちゃって。今までずっとお母さんが作ってたから。まあ朝ごはんは食べないし、夕飯も適当でいいんだけど、お弁当が一番厄介なの」

「弁当ね」

「うん。あたしの学校ってさあ、中高一貫校で給食はなし、カフェテリアは上級生しか入れない雰囲気だから、中学の間は基本、お弁当なんだよね。それで、みーんな、手の込んだお弁当持ってくるから」

琴音はそこで言葉を切り、小さな声で、

「……まあ、あたしもちょっと前までそうだったんだけど」

と続けた。

「さすがに連日パンとかコンビニ弁当だと、悪目立ちするんだ。先生も心配するし」

「先生や友達に事情は言ったのか」

「まだ。なんか、同情とか絶対にされたくないから。お母さんちょっと具合が悪いとか言ってごまかしてる。でも卒業まで、まだ何年もあるから。お弁当くらい自分で作れるようになりたいんだ」

ちょっと待て。これは、俺たちが引き受けていい事案なのか？

わかっている。力になってやりたい。だがまずは父親に話をつけるべきではないか？

俺が逡巡《しゅんじゅん》していると。

「わかった」

二つ返事をしたのは、海斗だ。

こいつ。俺の睨みに気づかぬ様子で、仏頂面のまま、海斗が訊く。

「おまえ、家近いのか？」

「うん。この先の住宅街」

「帰りはいつも何時なんだ？」

「部活やってるから……ええと、六時半くらいかな」

「じゃあ、学校帰りにここに寄れ。俺が教えてやる」

「いいの？」

琴音は目を見張った。

海斗が俺に向き直る。

「相馬さん……」

ちくしょう。滅多に頼みごとをしないヤツは、こういう時に得をする。

「俺の責任でやるんで。調理場、使わせてもらっていいっすか？　エデンの依頼がある日はそっち優先するんで」

俺が断ったら、海斗は、この子の家まで行くんだろう。それも問題だ。

「おまえ、ほかのバイトは？」

夜間工事に病院の清掃、ビルの窓拭き。海斗のスケジュールはぎっちりと埋まっているはずだ。

「調整します。期間限定で」

この子のためにそこまでするのか。

拾ってきたのは、海斗だ。

妹じゃないんだぞ。だがその言葉を海斗に言うのは酷《こく》というものだろう。もちろん、本人が一番よくわかっている。

「琴音ちゃん」

俺が名前を呼ぶと、琴音は身構えるような顔をした。断られると思っている。

「部活、なにやってんの？」

「……テニス」

運動部か。

「……がっつりした弁当にしなきゃな。そうじゃなきゃ、放課後もたないだろ？」

琴音が顔を輝かせる。笑うと年齢相応に可愛《かわい》い。

table.3
参鶏湯《サムゲタン》と割烹着

合田美佐子《ごうだみさこ》の家は、商店街からもほど近い住宅街にあった。ごく普通の民家で、玄関前にはミニシクラメンの寄せ植えが置いてある。招き入れられた室内は予想通りすっきりと片付き、キッチンの状況も申し分なかった。

キッチンはよくある対面式で、壁にくっつけるようにしてダイニングテーブルと椅子が四脚置いてある。

訪れたのは平日の夕方で、彼女のために合計一週間、夕食を作ることになっていた。

美佐子は薄いオレンジ色のアンサンブルニットにやはり膝丈《ひざたけ》のスカート、化粧もして、今日は髪もきちんとしている……が、やはり、先日と同じエプロンを身につけたままだった。

「相馬《そうま》さん。お願いがあるの」

美佐子はにっこりと笑って言った。

「なんでしょう」

「突然だけど、相馬さんは、イケメンすぎると思うの」

「……突然ですね」

「事実そうだもの。でね、わたしには夫と、息子が三人います。長男は専門学校生で、次男は高校生、三男は中学生」

男兄弟三人がいる家にしては、小ぎれいだ。彼女のおかげだろう。

その美佐子が、ここ半月ほどは、食事作りの手を抜いているという。夫は当初は文句を言っていたが今では外ですませてくるようになり、子供たちは突然の母親のストライキに戸惑いながらも、出された手抜き料理を仕方なく食べているとか。

「ほら、よく、テレビとかであるでしょう？　夫や子供の留守中に不倫する主婦の話」

「はあ」

「相馬さんがイケメンすぎると、家族が帰ってきた時にあらぬ心配をかけたり誤解をするかもしれないわ。まあそれも面白いかなあ、と思ったんだけれど」

ころころと彼女は笑う。ちっとも面白くはない。

「できればご家族の理解を得た上で依頼を承《うけたまわ》りたいものですが」

「あら、それはいいのよ」

美佐子は断言する。

「わたしが死にそうな思いで受けた手術で下りた保険金だもの。お友達の中にはね、主婦同士で台湾《タイワン》とか韓国に遊びに行く人たちもいるわ。それに比べたら、ささやかな贅沢《ぜいたく》でしょう？」

「そうかもしれないですね」

「そうよ。でも、わたしみたいなおばちゃんと不倫なんて誤解されたら、相馬さんにとって不名誉だし、迷惑がかかるかと思って」

また人の心配をするのか。俺は微笑《ほほえ》んだ。

「おばちゃんじゃないですよ」

目を見張った美佐子に、静かに言う。

「ひとりの、大切な、お客さんです」

美佐子も笑う。とっておきの悪戯《いたずら》を始める子供のように。

「……で？　俺はどうすればいいんです？」

「イケメンだとわからないように、変装してほしいの」

「変装？」

そろそろ、彼女のこの突拍子のなさにも、慣れなければ。

「はい、これね」

渡されたものを凝視し、俺は束の間悩んだ。

本気で？

美佐子のリクエストは、韓国料理の参鶏湯《サムゲタン》だった。鶏《とり》を一羽、丸ごと、高麗《こうらい》ニンジンやクコの実、しょうが、にんにく、餅《もち》米などと煮込む。鶏のコラーゲンと漢方成分で美肌に効果があるとして女性に人気だ。

「一度わたしも作ったことあるんだけど、夫や息子に不評だったの」

ダイニングテーブルの椅子に腰掛けて、美佐子はクロスワードパズルをしている。

「今日の夕飯にして大丈夫でしたか？」

参鶏湯は手間がかかる分美味なのだが、確かに育ち盛りの男子には今ひとつパンチにかけるかもしれない。

「だからこそよ。ほかにも今までわたしが食べたくても我慢していたものを、相馬さんには作ってもらうつもり」

俺はパズルを解く美佐子の横顔を見やった。眼鏡をかけている。楽しそうにしているが、彼女はやはり、エプロンを外していないのだ。

「訊《き》いていいですか？」

「ええ」

「なんの病気だったんですか」

ああ、と美佐子は軽い感じで答えた。

「子宮がんよ。あ、でも幸い子宮を取るだけで大したことにはならなかったの」

「大したことじゃないですか」

「そう？　でも今はこうして元気だし」

「あの雨の日。金を下ろして、どこに行こうとしてたんですか？」

美佐子はふふっと笑う。

「自分でもはっきりとはわからないの。でも、プリンを買いに行こうとしていたのは事実ね」

「プリン」

「そう。スーパーに売ってるような三個でいくら、とかのじゃなくて。ケーキ屋さんに時々あるじゃない。陶器《とうき》の器《うつわ》に入ってるような、少し高いの。退院祝いに、ご近所の方が持ってきてくれたのよ。うちの家族の人数分」

美佐子はふと言葉を切り、ダイニングテーブルを見渡すようにした。

「相馬さん。ねえ、気づいた？　椅子の数」

「四脚、ですね」

夫に息子が三人なら、椅子は五脚あっていいはずだ。

「うちが狭いっていうのもあるけど、男が四人もいるとねえ、お母さんであるわたしは、悠長に一緒に座ってゆっくり食事なんて摂《と》れないの。なんせ量が半端ないから。毎食、大量のおかずを作って、彼らが食べている間にも作り続けて。やれごはんお代わり、みそ汁お代わり、って言われて。おかずが足りなくなるのが一番嫌だから、いつも、息子たちや夫が食べ終わったあとに、あと片付けの傍《かたわ》ら、ひとりで残り物を食べる感じだったの」

「それは……なかなか辛いな」

「辛い？　そんなふうに思ったことはなかったわ。いつもたくさん食べてくれて、それはそれで幸せだなって思ってた」

でも、と美佐子の唇から笑みが消える。

「あの日ね、唐揚《からあ》げを作ったの。大量によ。いつものことだわ。でもねえ、あの子たち、わたしの分をひとつも残してくれなかったの。でもそれだっていつものことだわ。そうだったんだけど……」

美佐子の声が震える。眼鏡を取り、目頭《めがしら》を揉《も》むようにした。

「冷蔵庫を開けたら、そのいただきもののプリンまで、なくなってたの。ひとつも残ってなかった。それで、なぜかしら。突然、わたしにはもう子宮がないんだわ、と実感してしまったの。空っぽのお皿や、空っぽの冷蔵庫と同じなんだって。変よね？　あまりにも、くだらないし、子供じみてるわよね？　たかが食べ物のことで、五十になろうかっていうおばちゃんが」

「変ではないですね」

「いいえ、変よ。だって本当はプリンだって、その気になればいくつでも買えるじゃない。でも、そうね……本当に、あの時は、何もかもが馬鹿馬鹿《ばかばか》しくなっちゃって。わたしってば結婚以来、たくさんたくさんごはんを作り続けてきたのに、それはいったいどこに行ったの？　毎日大量に消費されて、夫や息子たちは、わたしが自分の椅子もなく残り物を食べていることもよくわかっていない。あの日、たったひとつでいいの、唐揚げが、プリンが、お母さんの分だよって残っていたら。わたし、相馬さんとは会ってなかったと思う」

それが、エプロンをしたままコートを着て、化粧をして、イヤリングをして、出かけた理由か。即席のデザートの皿を前にした時の、あの途方に暮れたような、罪悪感と怒りが混ざったような、寂しそうな顔の理由だったのか。

「贅沢だってわかってるの。夫は別にギャンブルやお酒で身を持ち崩しているわけじゃないし、長い間真面目に働いてくれて、わたしはずっと専業主婦でいられて。子供三人、そりゃあ高望みをすればキリはないけれど、これといった問題も起こさず、大病もしないで、元気に育ってくれて。生活の心配はないし、何がそんなに不満なの、足りないのって訊かれたら、ほんと、うまく答えようがないの」

それは多分、配慮という一言では片付けられない問題なのだろう。

そもそも、彼女の椅子がこの家にないことが、すべてを物語っている。

「俺、一生懸命にごはんを作りますよ」

俺が静かに言うと、美佐子ははっとした顔でこちらを向いた。

「いやだ。聞き苦しい話だったわね」

「いいえ。一週間、一生懸命にやらせてもらいます。美佐子さんのために」

真摯《しんし》に言うと、美佐子は感極まったような顔で俺を見たが、やがてぷっと噴き出した。

「美佐子さん」

「やだ、ごめんなさい。笑うつもりじゃ……それ、あまりにも似合ってるものだから」

「そりゃよかった」

彼女が俺にさせた変装。小学校の給食当番がかぶるような白いキャップに、黒ぶちのだて眼鏡。極めつけが、白いフリルの縁取りがついた、割烹着《かっぽうぎ》だ。

しばらくして一番下の息子が学校から帰ってきたが、キッチンにいる俺を見て、仰天した様子だった。

「……だれ？」

無理もない。母親の浮気は疑わないだろうが、この格好はこの格好で、あまりにも怪しすぎる。

しかし美佐子はしれっとしていた。

「倉木《くらき》さんよ。しばらく出張シェフさんを頼んでみたの。あなたたちも、たまには変わったごはんも食べたいでしょ？」

えー、と息子は不満顔だ。

「どこのオッサンかと思ったよ。それにさあ、くっさい臭いがする。なんなの、これ」

俺はおたまを手に、にこやかに笑った。

「今日の夕飯です。坊ちゃん。参鶏湯はコラーゲンたっぷり、美と健康に最高のメニューなんですよ」

息子はうえー、とさらに嫌な顔をしたが、にこにこ笑う美佐子に追い立てられるようにして、キッチンから出て行った。

table.4

コロッケと水炊き

「相馬《そうま》君。わたし、いよいよ社会復帰しようと思うのよ」

常連客のひとりが、そんなことを言いだした。

俺は彼女の家で水炊《た》きの準備をしていた。都内の一等地にある瀟洒《しょうしゃ》な戸建てで、住んでいるのは彼女ひとりきり。水瀬愛美《みなせまなみ》、三十八歳、もと証券会社勤務。現在は個人のデイトレーダーで億を稼ぐこともあるらしい。

そしてひきこもりだ。

今も彼女はすっぴんで、長い髪はひとつにくくり、毛玉だらけのセーターに穴の空いたデニムという装《よそお》いのまま、しかめっ面《つら》をしてパソコン画面を見ている。

「就職でもするの？」

ネギを刻む手を休めることなく問うと、愛美は振り向いた。

「まあね。もう働く必要はないくらい稼いだし生活の心配はないわけだけど、このままじや孤独死しちゃうから、せめて社会貢献でもしようかと思ってね」

「社会復帰で社会貢献？」

「講師をやるの。母校で。学生でも始められる株式投資講座」

「いきなりハードル高そうだなあ。大丈夫なの？」

俺は心配になって手を止めて彼女を見た。

彼女は度のきつい眼鏡の縁に手をあてて、きりっとした様子で頷《うなず》く。

「大丈夫。学生たちは野菜、たとえばカボチャかナスだと思って講演するから」

彼女はエリート証券ウーマンだったのだが、心身に不調をきたし退職した過去を持つ。なんでも仕事でチームを組んでいた三人のうち、ふたりが不倫関係になり、それを上司に訴えたところ、逆に愛美のほうが部署異動を命じられ、それを機に人と接することに異様に緊張するようになったという。

現在も心療内科に通っている。電車や人ごみで具合が悪くなるパニック障害も患《わずら》っている。

彼女と出会ったのは半年前。ちょうどひきこもり始めて一年ほど経っていたらしい。空腹に耐えかね、かといって料理がまったくできない、やる気も起きない彼女は、勇気を振り絞って病院の帰りに商店街の肉屋に寄った。そこでコロッケを買おうとしていたが、言いだせず、真っ青になって今にも倒れそうになっていたのを、俺が見てしまったというわけだ。

実際、ちょっと目が行ってしまう感じだった。季節外れのニット帽を目深《まぶか》にかぶり、マスクにサングラス、毛布のようなニットポンチョ姿で、逆にそれが悪目立ちしてしまっていた。

俺はその日のうちに彼女の家まで来て出来合いではないコロッケを作った。

「非常勤だし、うん、きっと平気。相馬君が時々ごはん作りに来てくれたら」

「それはいいけど……」

料理の支度が整い、俺は彼女と向かい合ってテーブルにつく。このテーブルを見るたびに、初めてここを訪れた時のことを思い出す。いい木材を使い、それなりに値が張ったと思われるテーブルだが、半年前には物置のようになっていてまともに使われている形跡がなかった。俺はまずテーブルを片付けることから始め、磨き、クロスを広げた。

初めて彼女が俺の料理を口にした時、彼女は言った。

安心した、と。

彼女は幼い頃に母親と死に別れ、父親とふたりきりで生活していたが、その父親は定年退職後に娘より若い嫁をもらい、この家を愛美に譲って出てゆき、以来、音信不通だという。彼女は長い間、誰とも話さず、誰とも食事をともにしていなかった。

だから、安心した、という呟《つぶや》きの中には、今にも泣き出しそうなほどの愛美の孤独が凝縮されていたし、そのあと、一口ひとくちを嚙《か》み締めるように食べる様子は、なかなか胸を打つものがあった。

それから二週に一度は、ここに来て食事を作っている。彼女は毎回、俺を指名する。俺もこの家の台所の使い勝手に慣れ、食事の好みも把握《はあく》しているから、あれこれ訊《たず》ねなくてもすむし、何より極度の人見知り状態にある彼女にとって、料理人が代わるのは精神的な負担が大きい。

そう思っていたのだが、外に出て、大人数の前で講演をするとは。

「服とか……」

つい、普段はしない余計なアドバイスまでしたくなる。

「ちゃんと持ってる？」

「あー。会社辞めて全部処分しちゃって」

そうだと思った。

「俺の知り合いにデパートの外商やってる人いるから、紹介しようか？　適当に見繕《みつくろ》ってここに持ってきてくれるように」

「……その人。怖い感じの人じゃない？」

「大丈夫。五十代の、すごく穏やかな女性だよ」

女性と聞いて、彼女は表情を和《やわ》らげた。仕事仲間の不倫が病気と退職の引き金になったという彼女だが、もともと、男女のことに潔癖な傾向はあったという。父親が自分を捨てて若い女と出て行った、という過去もその一因だ、と心療内科の医師に言われたそうだ。

「相変わらず男ダメ？」

「うん。なんか緊張する。相馬君は、緊張しない」

「俺もその辺の男とたいして変わらないよ」

そう考えればもう一歩先に進めると思って言ってみたが、彼女は首を振った。

「全然違うよ。相馬君はねえ、なんだか……そう、お母さんみたいな感じ」

「お母さん」

それは新しい。俺は目をぐるりと回した。

「なんで。ごはん作るから？」

「それもある。わたしのお母さんねえ、料理がすごく上手だったから」

愛美が小学生の時に心不全で亡くなったという母親。もし、母親が生きていたなら、愛美の様子はまた違ったのかもしれない。

「料理だけじゃなくてね、なんというか、相馬君が来てくれて、ごはん作ってくれて、こうして一緒に食べてくれるでしょ。話も聞いてくれて、わたしのことを心配したり、共感してくれたりするでしょ。そうしたら、わたし自身も、わたしのことを受け入れられるし、少しは好きでいられるの」

うん。なるほど。そういうことだとはわかってはいた。

ホステスをしながら女手ひとつで俺を育てた俺の母親は、どうしようもない女だったし、世間から見れば母親失格だったのかもしれない。だが俺を愛し養育したという点においては、ちゃんとしていた。誰がなんと言おうと彼女は俺を手放さなかった。多少栄養のことや勉強のことに気が回らなくても、存在を無視したり、不必要に罵倒《ばとう》したりすることもなかった。俺は物心ついた時から、母親に甘えられたり頼られるのが好きだった。頭を撫《な》でられ、布団の中で抱きしめてもらうと、世界で一番幸福な子供になったような気がしたものだ。

母親は、四十代半《なか》ばの若さで難病を患い死んだ。

だから。

愛美の気持ちは、よくわかる。

今はもうどこにもいない母親が、かつて、自分に確かに無償の愛をくれたこと。その記憶が、どんなに生活が荒《すさ》もうと根っこの部分にある限り。いつだって仕切り直せる。

こうしてテーブルに誰かとつき、食事をするたびに、彼女はその大切な記憶を呼び起こすのだろう。

この仕事をやって本当によかった。

「愛美さん。就職祝いに、俺も何か贈るよ」

愛美は照れたように笑う。

「えー、いいよ。もう十分にしてもらってるし、多分わたしのほうが相馬君よりお金持ちだし」

うんうん、と頷いてから、俺はわざと眦《まなじり》を吊り上げる。

「あのね、外ではそれ、言わないようにしなさいね」

「金持ちってこと？」

「そう」

「大丈夫だよ。お金目当てで近づいてくる人がいたら、鼻でわかるから。それにほら、ハニートラップとか、わたしには絶対に通用しないでしょ？」

悪人は男とは限らない。俺は苦笑し、水炊きを彼女によそってやる。手作りのポン酢とゴマだれが彼女のお気に入りだ。

湯気《ゆげ》でくもった眼鏡を彼女が外す。かなりの美人の彼女が、男にそう誉められても身構えない日が来るといい。身なりを構うことに目覚め、パソコンの画面よりも人と面と向かうことが増えればいい。

その日のために、俺はまだしばらくは彼女の好物を作り続けるだろう。次に来る時には、右京《うきょう》のように花を持ってこよう。就職祝いに、薔薇《ばら》の花束を。

table.5

特別な卵焼き

海斗《かいと》に拾われてやってきた琴音《ことね》は、それから連日、約束通り顔を出している。学校と部活帰りに制服のまま、路地裏の家に立ち寄って、海斗に料理を習っている。

「だから、まだフライパンが熱くなっていないうちに卵液《らんえき》を入れては駄目だ」

「もー熱くなってるかと思ったんだもん」

「そういう時は菜箸《さいばし》で一滴垂らしてみて、じゅって音がしたら熱くなってるから」

なかなか面白い光景だ。

あの強面《こわもて》の海斗が、調理場で、女子中学生と肩を並べて料理の指導をしている。顔も体格も全然違うでこぼこコンビだ。

「今日は何作ってんの？」

工房から帰ってくる時間帯には、指導はだいたい終盤に差しかかっている。今まで作ったのはキンピラゴボウやサツマイモのレモン煮など、簡単なものばかりだ。

「卵焼き」

真剣な顔で琴音が答える。

宇和島《うわじま》海斗流、女子中学生でもひとりで簡単に作れてくじけない、弁当レシピ。ルールその一。メインとなる肉、魚関係のおかずは、前日夜のおかずを使い回すか、当日朝、フライパンでさっと焼いたものにする。時には冷凍食品を使ってもよいが、その場合にもできるだけ卵料理（厚焼き卵、炒《い》り卵、ゆで卵）は入れること。その二。野菜や根菜を使った副菜を必ず入れること。それら副菜は日持ちをさせて数日使い回すため、味付けは濃く。その三。赤、黄色、緑、黒のものを意識して配置すること。赤はプチトマトやニンジン、黄色は卵、緑は茹《ゆ》でただけの野菜や枝豆、黒は椎茸《しいたけ》や煮豆。その四。各種おかずやごはんは、適度に冷ましてから詰めること。その五。できれば季節のフルーツも入れること。

等々、なかなか細やかなルールとなっている。

「相馬《そうま》さん。ついでにカレー作っておいたんで」

「おう。サンキュー」

海斗のカレーは本格的だ。自分で配合した数種類のスパイスが絶妙で、根気よく炒《いた》めたタマネギが甘さと深みを増し、大人から子供まで食べられる。

「おまえも食ってけよ」

とさりげなく琴音に言っている。

卵焼きのついでのカレーか、カレーのついでの卵焼きか。

確かなのは、家に帰ればひとりきりで夕飯を摂《と》ることになる琴音のために作ったものだということだ。ここに来るようになってから数日、琴音は必ず、何かしら海斗が用意したものを夕飯として食べてゆく。

おかげで俺も相伴《しょうばん》にあずかっているからありがたいが、海斗の琴音への肩入れが気がかりではある。

気がかりではあるが、放っておく。

エデンの客に料理を作る時と、基本、同じスタンスだからだ。金や仕事ということだけでは割りきれない想いは、時に厄介《やっかい》だが、そもそもその想いがなければこの仕事はできない。

「うーん。なんか、違う」

出来上がった卵焼きを前に、琴音が顔をしかめている。俺は横合いから卵焼きを一切れつまみ、口に入れた。

「なんで？　フツーにうまいよ」

「まず、形がなんか違う」

「形？」

「お母さんのは」

言いかけて、琴音は気まずそうにいったん口をつぐんだ。それから小さな声で続ける。

「……うちのは、こんな長方形じゃなかった」

長方形か。調理場にあるのは、南部《なんぶ》鉄器の角卵焼き器だ。四角くて、手順さえ間違わなければ美しい形の厚焼き卵ができる。

「どんな形だったんだ？」

海斗が穏やかに訊《き》く。

「もっと丸い感じで……お正月とか、おせちに入ってる卵焼きもそうだけど、筋模様がついてるの」

「伊達《だて》巻きに近い感じか？」

「そうそう、それ。あんなに大きくないけど。それに味も、これはこれで美味《おい》しいけど、なんかもっとシンプルだった気がする」

海斗が教えた卵焼きは、しっかりと取った出汁《だし》と砂糖と醬油《しょうゆ》を味付けに使っている。特に出汁に関しては、海斗は手を抜かない。

「わかった。明日までに考える」

「うん」

「今はカレーを食べろ。それからコレも持っていけ」

と、琴音にタッパーを渡す。

「なにこれ」

「筑前煮《ちくぜんに》だ。俺が自分の明日の弁当用に作ったものを分けてやる」

「えーいやだなあ」

琴音は世話になっておきながら、容赦《ようしゃ》ない。

「煮物入れると年寄りくさいお弁当になっちゃう。友達のはみんなもっとおしゃれなんだよね。オムライスとか、ミニハンバーグとか」

「栄養も色のバランスも満点おかずだ。ミニハンバーグ入れたけりゃ今度教えてやる」

「やった」

「その場合はキンピラとブロッコリーも入れろよ」

「えー」

海斗が楽しそうだ。顔は変わらず強面だが。

それから琴音は試作の卵焼きと、ちゃっかりとカレーの残りと、筑前煮を紙袋に入れて、帰っていった。

そのあと、海斗は洗い物をしながら、ぼそりと呟《つぶや》くように言った。

「相馬さん。なんかほんと、すみません」

「いーよ」

俺はカウンターの椅子に座り、海斗が晩酌《ばんしゃく》用に出してきたカシューナッツと海老《えび》の炒め物をつまみながら、一杯やる。それから、食器を洗い続ける海斗に、訊いた。

「調査、芳《かんば》しくないの？」

海斗は頷《うなず》く。

「千葉のほうってことはわかってるんで、今度行ってみるつもりです」

海斗は中学生の時に、八歳下の腹違いの妹と生き別れた。妹の母親が、海斗の父親の死後いなくなり、ふたりは児童養護施設で育ったが、その母親が生活のメドが立ったと言って再び現れ、妹だけを引き取った。児童養護施設は妹の行く先を教えてくれなかった。そのため海斗は成人してから、探偵事務所に妹探しを依頼し、自分の足でも調べている。

「千葉ってなー、広いな」

「そうっすね。でも、あいつの病気はちょっと珍しいから」

海斗が金を稼ぐのは、その妹のためだ。国指定の難病を、妹は生まれつき患《わずら》っている。それを治療するとなれば、確かに病院は限られる。

「見つけて、どうする？」

海斗は肩をすくめる。

「別に……幸せそうなら、そのままで」

「そうじゃなかったら？」

「引き取って、治療も続けさせますよ」

もしも幸せだったとしても、海斗は稼いだ金を彼女の母親に渡すつもりなのかもしれない。

「幸せだといいな」

「はい」

「でも、一目でも会いたいだろ？」

「もう俺のことは憶《おぼ》えちゃいないかもしれないっすけどね」

海斗の声は淡々としている。

「寂しいな、それも」

「仕方ないっす。ほんとに、ちっこかったんで……ただ」

「ただ？」

「いや……他人のフリしてでもいいから、あと一回だけ飯作ってやりたいっすね」

海斗らしい。俺は笑んだ。

「その場合、何を作る？」

「なんでも。妹が好きなもん、なんでも」

だから海斗は料理の研究に余念がない。しかも意外にツボも心得ている。その海斗が、

「あ」

と食器を洗う手許《もと》から目線を上げた。

「出汁が邪魔なのかも」

「出汁？」

「卵焼きっす」

ああ。琴音が、なんか違うと言っていた。

「昔、養護施設のおばちゃんが作ってくれた卵焼きは、出汁なんか入ってなかったんすよ。普通に塩と砂糖で。だから色も真っ黄色で」

なるほど。脇役であろう卵焼きは、確かに毎日の弁当作りでは、できるだけ時短を優先しぱっと焼いて詰める、という家庭も多そうだ。

毎日食べていれば、それが家庭の味になる。

「あとは、形っすね」

「それさ。巻きすじゃないか？」

卵焼き器ではなく、普通の丸いフライパンで卵を寄せながら焼き、巻きすで形を整える。そうすれば丸みを帯びた、伊達巻きに似た模様が入った卵焼きになる。

「そうかもしれない……」

「明日、琴音ちゃんに教えてやりな」

海斗はじっと俺を見る。

「相馬さん。わかってたんすか？」

俺は笑うだけで答えなかった。琴音は海斗を信頼している。花を持たせてやるのだ。

table.6

アップルパイを一切れ

菓子作りは、料理とはまた違う。菓子の場合は、グラム単位の分量の違いが出来上がりに大きく影響する。

「嬉《うれ》しいですよ、相馬《そうま》さん」

カウンターの向こうに立つ門倉悠然《かどくらゆうぜん》が、顔を輝かせている。頭は坊主で顔つきも柔和なのに、ハードな革ジャンに革パンツを着ているのがおかしい。

俺は調理場で、年代物のガスオーブンの火を調整しながら、応じる。

「何が嬉しい？」

「わたしと同じ、菓子作りに目覚めてくれたのですね！」

悠然がそう思うのも無理はない。カウンターは、洋菓子のレシピ本で埋まっていた。

「いや、プリンだけ」

「プリン？」

「基本的には茶碗蒸《ちゃわんむ》しと同じかなーと思って」

実は、手の込んだ菓子類は専門外だ。林檎《りんご》やオレンジをキャラメリゼしてサワークリームと胡桃《くるみ》を散らすくらいならできるが。

「茶碗蒸しとは違うでしょう」

「でもなー、スが入ると台なしなのは一緒だろ?」

「プリンなら右京《うきょう》君が得意では。彼に頼んだらどうです? エデンの顧客用に作るんでしょう?」

「まあね」

「手伝いますか?」

「いいよ。あんたの専門は粉ものだろ?」

実際、悠然は手打ちうどんや、手打ちそばから枝葉を広げ、現在、粉ものの菓子作りに夢中らしい。おかげで家にはお裾《すそ》分《わ》けだといって彼が持ってきたクッキーやタルトが切れたためしがない。それを堪能《たんのう》しているのが意外にも海斗《かいと》で、強面《こわもて》のくせに甘いもの好きらしい。しかも琴音《ことね》にもふるまっている。

俺は小鍋でカラメルソースを煮詰めながら訊《き》いた。

「今日は? エデンの予約は明日だったよな」

「ふっふっふ……コレです」

悠然は大事そうに両手で抱えていたふろしき包みをほどいた。中から現れたのはアップルパイだ。パイ生地がこんもりと、層を成して盛り上がっている。

「うまく焼けたんで、これを」

「夜半にパイを、男だけで食う、と」

「お嫌ですか？」

「いや。ちょうど小腹が減ったとこ」

コーヒーでも淹《い》れるか、とプリン作りをいったんやめようとしたその時、携帯が鳴った。

通話状態にしたとたん、差し迫った右京の声が聞こえてきた。

『相馬さん、ごめん！』

「……西荻窪《にしおぎくぼ》か？」

『そー、俺、ちょっとうまくやれなくて』

携帯越しに女の泣きわめく声が響いている。叫んでいる内容はメチャクチャだ。

俺は電話を切った。

「トラブルですか？」

悠然が心配そうに眉を寄せている。

「ああ。悠然、悪いけどバイク貸してくれる」

「もちろん」

悠然からキーとメットを受け取り、外へ向かう。

「あ、相馬さん」

悠然が慌《あわ》てた様子で追いかけてきた。

「これ持ってって」

紙袋を渡された。中身はラップでくるんだアップルパイが一切れ。

「それから、エプロンしたままですよ」

「あーうん」

それはどうでもいい。とにかく、急いで行ってやる必要がある。


西荻窪のマンションに住む長谷川美和《はせがわみわ》は、二十三歳のOLだ。服装からインテリアまで可愛《かわい》らしいものを好み、エデンのスタッフの中でもある意味一番可愛い右京がお気に入りの様子だった。執着が感じられるようになってきたため、そろそろ用心しようかと考えていた矢先だ。

マンションの部屋に一歩入ると、修羅場《しゅらば》が待ち受けていた。

床に料理が散乱している。割れた皿、鶏肉《とり》にジャガイモ、ニンジン、タマネギ……確か今日のメニューは「ローズマリー風味のグリルチキン」だったな、と冷静に考える。

美和は床にぺたりと膝《ひざ》をつき、その手にナイフとフォークをしっかりと握りしめている。右京は二メートルくらい距離を空けて、やはり、床に座っていた。

「で、どうした」

黙りこくっているふたりに問うと、美和のほうがすわった目で俺を睨《にら》んだ。

「あなたでしょ？　もう右京君をあたしのところへ寄越さないと決めたのは」

目で右京に問いかけると、

「……いや。次回は違うヤツが来ますって、俺、言っただけで」

硬い声だ。珍しくショックを受けている。実際、右京のほうが青ざめている。

「取りあえず、それ、こっちにもらうよ」

俺が近づくと、美和はフォークを振りかざした。

「来ないで！　来たらこれで喉《のど》をつく」

皮肉なことに、どんなに硬い肉でも切れそうなナイフとフォークだ。

「じゃあ、どうすればいいかな」

「警察でも何でも呼べばいい」

「呼ばないよ」

「そうよね。もし呼んだら、あなたたちに乱暴されたって訴えてやる!」

俺はしゃがみこみ、首の後ろを掻《か》いた。

「それで、誰かが救われる?」

「右京君が来なくなるよりずっといい!」

美和は、さめざめと泣く。白いブラウスの前が料理でさんざん汚れていた。右京もだ。美和が投げたのだろう皿は、一度壁にぶつかって、床に落ち、割れていた。

「右京が好き?」

静かに問うと、美和は瞳を潤《うる》ませた。

「……好きにならずにいるほうが難しいでしょ?」

確かに右京は容姿もいいし、優しいし、話術もたくみで、料理は最高だ。まあでも、俺が女なら海斗に惚《ほ》れるが。

「エデンでは、お客さんとの間で恋愛沙汰《ざた》は禁止しているんだ」

「だって」

「美和さんは素敵な女性だと思うよ。右京から聞いてる。自分でもちゃんと料理を作ってるって。部屋はいつも綺麗《きれい》だし、調理道具も申し分なく手入れされてるって」

美和は戸惑うように右京を見た。

「……ほんと？」

右京はひとつ、大きく頷《うなず》く。

俺はさらに言った。

「素敵だけど、女性として好きになるかどうかは、また別の話。あのね、エデンの男たちは、台所では恋はしないよ」

美和は目を大きく見張った。

「どうして？」

「うん。俺たち、依頼先の台所に立つと、違うモードに入るからさ。最高のものを作って最高の状態で、お客さんを満足させたいって、それしか考えない」

それは本当のことだ。俺も海斗も、右京も悠然も。

そしてもうひとり。

長い間仕事を請け負っていない、もうひとりがいる。本当はそろそろ新スタッフを探してもいい頃だが、俺はまだ、彼の復帰を待っている。

台所で恋はしない。

これは鉄則だ。

「私生活の右京はね、割とどうしようもない男だよ」

俺は皿の欠片《かけら》を拾い集めながら言った。

「料理優先で、女の子の気持ちはあと回しだからね。今まで何度も振られてる。なあ、右京？」

「……今ここでそれを言うかな」

右京はふてくされた様子だ。

「あ、あたしの気持ちを変えようったって」

美和が声を荒げた。フォークを持つ手は震えている。

「そうじゃないよ」

俺は、彼女に近づいた。

「お客さんにこんなことを改めて頼むのも、本当は気が引けるけど。彼に、この仕事を続けさせてくれないか」

「……どういうこと」

「君があくまでも右京に執着するなら、右京はクビにする。どっちみち、君のところに料理を作りに来ることはできなくなるわけだ」

「そんな、ひどい！　右京君は何も悪くな……」

美和は口をつぐんで、気まずそうな顔をした。

「うん。右京はきっと悪くはない。でももしかしたら、君を誤解させる言動があったのかもしれない」

「……だったら、美和さん、ごめん」

右京が謝った。

「俺、考えが足りなかった。美和さんを喜ばせたい気持ちでいっぱいだったけど、好きとかそういうんじゃないんだ。ただ、うまく言えないけど、俺の料理で、元気になって、笑ってくれたらいいなって、いつもそればっかり考えてたから」

「知ってるよ。右京君は、いつも優しかったから」

だから、と美和は消え入りそうな声で呟《つぶや》く。

「……でもそれは、お客だからでしょ？」

「……ごめん」

「わかってた。わかってたはずなんだけど……もう来てくれないって思ったら、あたし、ものすごく悲しくなっちゃって」

うわっと顔を覆《おお》って美和は泣き出す。俺は彼女の手から危険なカトラリーをそっと取り上げ、ソファに座らせて、横に座ると、髪に散らばった、おそらくはサラダのトッピングらしきものを丁寧に取り去った。

その間、右京は部屋をざっと片付けた。美和が落ち着いた頃合いを見計らって、雑巾を出してもらい、三人で掃除をした。

すべてが終わると、美和はまた、ぼろぼろと泣いた。

「右京君。ごめんなさい。せっかくの右京君のお料理を、ごめんなさい」

「大丈夫だよ」

とは言ったものの、さすがの右京もその先に言葉を続けられずにいる。

「右京、紅茶淹れて」

「あ、うん」

俺は美和を片付いたテーブルにつかせ、さらに悠然から託されたパイを出した。

「これは？」

「エデンで目下売り出し中のヤツが、真心込めて作ったパイ」

「あたしに？」

「もちろん。とても心配している」

「……会ったこともないのに」

「うん。でも、今回みたいなことは、うちでは初めてじゃないから」

美和はすがるような目で俺を見る。

「本当に？　スタッフを好きになった女の人が、ほかにもいたんですか？」

「いたねぇ」

「どうなったの、そのスタッフ」

「やめたよ」

美和は青ざめた。

嘘《うそ》ではなく、本当のことだ。クビというよりは、一時休業扱いになってはいる。本人にその気はなかったが、お客である女性を不必要に傷つけたといって、彼本人が仕事を自《じ》粛《しゅく》すると申し出た。もう一年以上前のことだ。

「右京君は、やめない？」

「多分ね。右京のほうが図太いから」

「ひどいなあ、相馬さん」

右京は白いティーカップを美和の前に置いた。

「召し上がれ」

美和は紅茶を一口飲み、パイを一口齧《かじ》った。それから、また涙をこぼした。

「ずっと。こんなふうに何かを美味《おい》しいと思うことがなかったから。だからあたしは、右京君を失いたくなくて」

美和がエデンに依頼する時、リクエストの料理はいつも凝《こ》った家庭料理の類《たぐい》だ。

右京から聞いてはいる。美和の母親は製薬会社の研究所勤めで、家事は一切せず、仕事を常に優先していた。今も家族とは離れ、ひとり海外の研究施設にいるという。そのため美和は母親を反面教師にして家事を完璧に行ったが、基本的な味覚が乏《とぼ》しく、たとえばハンバーグにケチャップだけを大量にかけて食べるということをしていた。

でも今は違う。

「何かを美味しいと思うのなら、美和さんはもう大丈夫ですよ」

俺は心からそう言った。美和は、しかしまた不安そうな顔になる。

「……もうエデンを利用できなくなるってこと?」

「まさか」

俺は首を振った。

「いつでも利用してください」

「でも、さすがにもう右京君は来てくれないでしょう?」

「俺」

右京が口を挟もうとするのを、俺は目線で制した。

「しばらくの間だけ。指名はなしで。美和さんがもう少し落ち着くまでは、俺が来ますよ」

美和は茶の瞳を瞬《またた》いた。

「あなたが？」

「なんでも作ります。あなたが満足するものを、精一杯に」

美和はもう何も言わなかった。涙をこぼしながら、それでも、アップルパイを一切れ、すべて平らげた。


「俺が行っちゃダメなんですかねー」

帰りに寄ったラーメン屋で、右京がそんなことを言いだす。

「ダメだろ」

「でも……今度からもっと気をつければ」

「何をどう気をつける？　色恋なんて気をつけてどうにかできるもんじゃない」

横から注がれる感心したような視線が鬱陶《うっとう》しい。

「なんだよ」

「いや、相馬さんが言うと説得力があるなあと」

「あほ」

「今までになかったわけじゃないでしょ？　お客さんで、相馬さんにそういう気持ち抱いちゃったの」

「そういう場合はできるだけ毅然《きぜん》と、でも礼儀を忘れずに断る」

「俺もうまくやってるかと思ったのになぁ」

右京のことだから、多分そうなのだろう。でも人の心が絡んでくる以上、すべてが完璧にできるわけではない。

提供するのは料理だけじゃなく、心でもあるから。

エデンに依頼をしてくるのは、圧倒的に女性が多い。色恋沙汰《ざた》は抜きとは言っても、男として接する部分があるからこそ、需要がある。

「俺が小六の頃さ」

俺はラーメンをすすりながら言った。

「近所のコンビニでバイトしてた女子高生がさ、一回だけ、俺を家に呼んでくれたんだよ」

「歳《とし》上ってあたりがエロいですね」

「そんなんじゃない」

俺は軽く隣に座る右京の足を蹴《け》る。

「普通に、その子の家の夕飯に呼んでくれただけ。俺がいつもそのコンビニで弁当とかパンばっかり買うから、気になってたんだってさ。でも確かにきれーな子で、俺はどきどきしたな」

メニューはすき焼きで、親戚から肉が大量に届いたから、と彼女は屈託なく笑っていた。彼女の家族も、いきなり娘が連れてきた小学生に嫌な顔ひとつせず、快《こころよ》く同じ食卓につかせてくれた。彼女の母親がごはんをよそってくれ、父親が、すき焼き鍋を前に尻込みしている俺に、一番に肉を取ってくれた。彼女は俺の隣に座って、普通に、バイト先の店長の悪口かなにかを言いながら、もりもりと食べた。俺もつられて食べた。

あの時涙が出た。

ほとんど知らない人たちの前で俺は泣いた。

飯がうまかったのと、世の中には俺の知らない、こういう温かなテーブルがあるのか、との思いと。

帰る時、彼女は訊いた。

美味しかった？　俺は頷いた。すると彼女は笑って言った。

(美味しかったんなら、大丈夫)

あの時は意味がよくわからなかった。でも今はわかる。

何かをうまいと感じるうちは、人間は大丈夫なのだと。

「それから、その女子高生とまた会ったんですか?」

「いや。またおいでって言ってくれたけどな。妙に気恥ずかしくて、そのコンビニに寄ることも避けちまって」

「もったいない」

というより、その日を境にあまりコンビニを利用することはなくなったのだ。俺は母親と俺自身のために食事を作るようになり、学校から帰宅すると、スーパーへ行く小学生になった。

「でもそれが、俺の原点だから」

色恋抜きに、最高のテーブルを、必要な人間に提供する。大丈夫だと言ってやる。大丈夫だと思えるような食事にする。

そこがぶれなければ、この仕事は続けられる。ずっとそう思っている。

今は孤独でも母親との宝石のような食事の記憶がある愛美《まなみ》。一方で、そんな記憶はないけれども、どこかで家庭の味を追い求める美和。自分を置いて男と逃げた母親を恨みながら、その母親が作った卵焼きに執着する琴音。彼女たちのために、俺たちにはできることがある。

右京と食事を終えて外に出た。雨が降り出している。合田美佐子《ごうだみさこ》が最初に現れた夜と同じ匂いがした。彼女の依頼を受け、前払いで通い続けた。もうすぐ約束の最終日が来る。

table.7

冷蔵庫にはデザートを

エデンの連中は、予約がない日でもふらりと顔を出す。当たり前のようにカウンターの椅子に座って自由な時間を過ごすか、当たり前のように中に入って料理をする。

この日は海斗《かいと》が来ていた。給料を受け取るためだったが、いつものように料理も始めた。

食材を探すために冷蔵庫を覗《のぞ》き、低い声で訊《き》く。

「相馬《そうま》さん。冷蔵庫の中がプリンで溢《あふ》れてるけど」

「あー、ついつい作りすぎちゃって。あとで食ってくれる？」

「いいっすよ」

「持ち帰りもしてくれる？」

「はい」

素直な海斗は可愛《かわい》い。というより、こいつはいつでも素直なのだが、見た目が少し怖いがために誤解を受けることも多い。もっとも真実の彼を知れば、そのギャップがいいといって、最近リピーターを増やしている。

　素直な海斗が作る料理は、常に、愛情が溢れている。

「相馬さん。このプリンですけど」

　いつの間にかひとつ出して食べながら、海斗は生真面目な顔で意見を述べる。

「うん。まあまあいけるだろ？」

「味はいいっす」

「味は」

「見た目が物足りない」

「あー、そうねぇ」

　しかし俺がこれをデコレートするのは、違う気がする。美佐子《みさこ》の、最終日の食卓の仕上げに、何かデザートをと考えて、よし因縁《いんねん》のプリンだ、と試作を繰り返した。生クリームを絞ってピスタチオを飾ったり、器《うつわ》を換えてみたりもした。しかしどうやっても、今ひとつぴんとこない。

「おまえなら、どう演出する？　このプリンを」

「女に出すんすか」

「そう」

海斗はじっとプリンを見つめた。

「ホイップとメロンと缶詰のチェリーっすね」

俺は笑う。

「お子様ランチかよ」

「定番っす。桜《さくら》も好きだった」

「妹か。ファミレスで？」

「いや。安いプリンに絞り出すだけのホイップとチェリーひとつ。特別だぞって。それだけで、大喜び」

俺は笑いを引っ込める。舌足らずな四歳の幼女と、美佐子の、あの雨の日の切ない顔が、奇妙に重なる。

年齢も、性別も関係ない。そう——誰だって、〝特別〟が好きだ。そうじゃないか？

出迎えた美佐子は、今日もリーフ柄のエプロンをしていた。今まで一度も、彼女がこれを外したところを見たことがない。

「今日はそれ、外していいんじゃないですか？」

俺はまず、そこを指摘した。

「料理を作るのは俺なんだから」

美佐子は頬《ほお》を染める。

「落ち着かないわ。自分の家なのに、エプロンを外すなんて」

「いいじゃないですか。俺だってずいぶんと落ち着かない格好してますよ」

と割烹着《かっぽうぎ》を着た両手を広げる。美佐子は笑い、「じゃあ」と言ってエプロンを取り去った。

俺は食材を出し、料理に取りかかる。美佐子が所在なさそうにキッチンの入り口に立っている。

「せっかく自分の家なんだから、くつろいで待っていればいいのに」

「そうなんだけど」

美佐子は苦笑する。

「何回来てもらっても、なかなか慣れないものね。長い間、そこに立つのはいつもわたしだけだったから」

料理や掃除を一切しない夫と、男子三人の家ならば、必然そうなるのだろうか。よく台所は主婦の聖域というが、彼女にとっては職場であり、朝から晩まで当たり前に立つ場所だったのだろう。

そこに他人がいる状況も落ち着かなければ、黙って料理が出てくるのを待つのも落ち着かない。

「相馬さん。ジャガイモを使うの？」

「そう」

俺は手早くジャガイモを洗っていたが、中のひとつをにゅっと美佐子に突き出した。

「なあに？　あ、わたしが皮を剝《む》きましょうか？」

「違う。これ、美佐子さんのために今から皮を剝かれて茹《ゆ》でられるジャガイモね」

それからー、と次々に食材を手にする。

「これは美佐子さんのために刻まれるズッキーニ、美佐子さんのために溶かされるチーズ……」

「もういいわよ」

美佐子は笑い、観念した様子でキッチンから離れる。リビングの中央に置かれたソファに座り、テレビを点《つ》けた。

俺は料理に専念する。

美佐子のリクエストは、今まで息子たちの好みと合わずなかなか作れなかったもの。それだけだった。男子三人の好物はとにかく肉、肉で、ボリュームがありわかりやすいメニユーばかりを作り続けてきたという。ハンバーグにトンカツにカレー、唐揚《からあ》げ、大盛りパスタに焼きそば、焼き魚はあくまでも副菜で必ず肉料理も出す。シチューさえもみそ汁の代わりだからメインは別のもの、お好み焼きはおやつで、毎食五合の米が消費される。それさえも残らない日、美佐子は冷蔵庫の残り物で適当に自分の夕飯をすませた。

俺が来た日は、残り物ではなく、間に合わせでもなく、彼女のために選んだ食材で、彼女のために考えたメニューを作った。初日の参鶏湯《サムゲタン》をはじめ、魚介メインのブイヤベース、かさごのアクアパッツァ、押し麦と海老《えび》のスープ、タイ風春雨《はるさめ》サラダ、味はもちろん彩《いろど》り重視のパスタ、カボチャのニョッキ、季節の野菜のバーニャカウダ。夫や息子たちは意外にも文句を言わずに食べ、母親の突然の奇行に黙って付き合ってくれたらしい。

最終日の今日は、ランチだ。俺は、赤と黄のパプリカを焼いて皮を剝き、さいの目にカットする。オーブンを余熱している間にサラダを作り、ニンジンを薄くピーラーで剝いて薔薇《ばら》の形を作る。アスパラを色よく茹で、パイ生地に放射状に並べる。ひとつひとつの食材を、素早く、丁寧に、仕上がりの色と形を意識しながら手を加えていく。

この時間を大切にしている。

昔は、母ひとりのために。母を亡くした今は、エデンに依頼をしてくれる人のために。俺は食材を選び、その人の台所に立ち、その人のために料理を作る。

台所で恋はしない。

しかしこの想いはまた、恋にも愛にも似ている。

長谷川美和《はせがわみわ》にはああ言ったが、本当は、料理を味わってくれる人は、その瞬間、誰よりも大切な人間になる。

少なくとも、エデンに所属する男たちは、みんなそうだ。

料理を終えるまでの間、美佐子は静かだった。静かにテレビを観ていると思ったら、ソファでうたた寝をしている。

早朝から夫は仕事仲間と釣りに出かけ、子供たちのうち、長男は外泊して帰っておらず、次男は部活の合宿、先日遭遇した三男は、試験明けの休みでまだ寝ているという。

「……美佐子さん」

俺はそっと彼女に声をかけた。

「できましたよ。テーブルの支度が」

美佐子はぱちりと目を開いた。それからすっかり支度が整ったテーブルを見て、顔を輝かせる。

「まあ素敵」

純白のクロスを敷き、柔らかなアプリコット色のミニ薔薇を飾った。前菜はガラスの皿に花のようにレイアウトしたサーモンとホタテ、蛍《ほたる》イカ、キュウリのマリネ。ミニトマトとモッツァレラのカプレーゼ。メインは仔羊の香草パン粉焼き。アスパラガスのキッシュ。サラダはニース風。ゆで卵やオリーブ、アンチョビ、ジャガイモを順番に重ねて。丸パンを二種類。シンプルなごま風味と、もうひとつは胡桃《くるみ》とクリームチーズと柚子《ゆず》ジャムを練り込んだもの。

「おとぎ話みたいねえ。うたた寝して、目が覚めたら、テーブルの支度ができていて……」

と、美佐子は、目を大きく見張った。

「この椅子は？」

「五脚目の椅子。美佐子さんのです」

対面式キッチンの壁につけられたテーブルを少し離し、そこに五脚目を置いた。一番キッチンに近く、カウンター越しにものも取れるし、座るならここが最適なはずだ。

「相馬さんが作った椅子？」

「試作品だから、気にしないで。前に来た時にテーブルの高さを測ったら、家に余ってる椅子がちょうどよさそうだったから」

「でも……」

を輝かせる。

「とにかく座って」

戸惑う美佐子のために椅子を引き、座らせた。美佐子は椅子の手すりに指を滑らせ、瞳を輝かせる。

「すべすべ……」

しかし、すぐに申し訳なさそうな顔になった。

「でも、わたし、あの時確か、とっても失礼なことを言ったのに」

なんでもいいから、俺が作った家具を買うと。

俺は笑う。

「今は、なんでもいい、じゃなくて、椅子が必要だとわかったから」

「あなたの家具……かわいそうじゃない？」

俺がかわいそうだと言ったことも、憶《おぼ》えているのか。俺は首を振った。

「あなたが気に入ったなら」

「気に入ったわ。とても……とても」

「それなら、かわいそうじゃない」

俺は彼女の希望で用意したシャンパンをグラスに注ぐ。美佐子は改めてテーブルの上を眺め渡した。

「これ、本当に全部わたしが食べていいのよね？」

彼女は照れたような顔をしたが、背中をしゃんと伸ばして、カトラリーを手に取った。

普段着で、自宅のテーブルで、自分だけの料理を食べる。そういう日があってもいいはずだ。

「美味《おい》しい」

しみじみと、彼女は呟《つぶや》いた。ひとつひとつ、味わうたびに、少女のようにはしゃいでいる。

「ゆっくり食べて」

「あら。当然あなたも一緒に食べるのかと」

テーブルセッティングはひとり分しかしていない。今日はそういう日だ。

「まだデザートの作り途中」

「デザートもあるの？」

「もちろん」

俺は再びキッチンに入り、嬉《うれ》しそうに食事をする美佐子の話にも付き合った。

「相馬さん。あのね、あの……言いにくいんだけど」

「はい」

「今日のこのごはん、お代わりはある？」

美佐子は言ってから、慌《あわ》てた様子で付け足した。

「あ、わたしがしたいんじゃないのよ。つまりねえ……」

「ありますよ。家族の分でしょ？」

美佐子はちょっとふてくされたような、バツが悪いような、そんな顔になる。

「そうなのよ。嫌になっちゃうわ。今日くらい、自分のことだけ考えてもいいはずなのに」

「お母さんだから」

二度、三度と美佐子は瞬《まただ》きをした。それから、柔らかく笑う。

「そうね。お母さんだから」

仕方がなさそうに笑いながらも、切なさなど微塵《みじん》もなかった。満たされた微笑に、俺もまた満たされる。

さて。冷蔵庫の中に先ほどしまったものを、どう仕上げるか。

と、そこへ、今回の騒動の原因を作ったひとりであり、ある意味被害者でもある、かわいそうな三男坊が現れた。スウェット姿で、頭には寝癖がついたままだ。

そんな彼は俺を頭のてっぺんからつま先まで、じろじろと見た。

「オッサンじゃなかったのかよ」

割烹着は着ている。しかし今日は、眼鏡と白い帽子は身につけていない。

「ちょうどよかった」

俺は壁にかけられた、美佐子のリーフ柄のエプロンを取った。

「……なに？」

「居合わせたのが運の尽きだと思って。腹括《くく》りな。今すぐに何も見なかったことにして部屋に戻るか、それを身につけるか」

三男の決断は早かった。素早く、リーフ柄のエプロンを身につけた。

「……俺、なにすればいいの？」

「〝特別〟の仕上げ」

俺は湯煎《ゆせん》で温めておいた白いチョコペンを彼に手渡した。


「相馬君」

玄関で靴を履《は》く俺の背に、美佐子は言った。

「ありがとう。とても美味しかった」

「それならよかった」

「……あのね」

少し涙ぐんだ声に、後ろを振り仰ぐ。

「本当にありがとう」

「礼なんて、別に」

ゆっくりと立ち、彼女を見つめる。唇が震えていた。

「わたしは、家族に、ありがとうって言ってほしかったの」

「はい」

「子供三人、それぞれに大きくなった。数えきれないくらいのごはんを作ってきたけれど、どんなに美味しいごはんを作っても、作っても、あとに残らないじゃない？　たいして感謝もされないし。それが急に虚《むな》しく思えて」

「感謝、してるんじゃないですか？　男だから口に出さないだけで」

「口に出してほしかったのよ」

美佐子は人さし指で涙を拭《ぬぐ》う。

「時々でいいから、ありがとうって、言ってほしかったのよ。でもね。さっき、息子がわたしのエプロンつけて、顔を真っ赤にしてお皿を運んできたでしょ」

白いチョコレートで、でかでかと、「みさこのプリン」と書いた一皿を。

「あれを見た瞬間に、おかしくって。大笑いしたら、もう許してた。というより、最初から家族に怒ってなんかなかった。ただ、病気して、心が弱くなって、八つ当たりしただけ」

「わかりますよ」

　俺は静かな声で言う。

「昔、俺も家具作りに疑問を持っていたことがあったから」

「そうなの？」

「今はなんでも消耗品扱いで、壊れたら捨てられてしまうでしょう。椅子やテーブルも、壊れたり古くなったら処分される。いつかゴミになるものをこんなに時間と情熱をかけて作り続けるのは不毛なんじゃないかって」

　十代で修業していた頃、そんな疑問を親方にぶつけた。すると親方は、近所の家に挨拶《あいさつ》に行くと言って、俺を連れていった。

「そこ、じいちゃんばあちゃん入れて十人くらいの大家族で。大きなテーブルを囲んで毎晩わいわいと食事するような家でね。そのテーブルはうちの親方が作ったんです。しっかりしたブラックチェリー材だったけど無垢《むく》だから、シミだらけになってた。それでも親方は、これはいいテーブルだって。ちゃんと使われて、幸せな時間を作る重要な役割を担《にな》ってきているからだって。もしも将来、廃材になったとしても、ここで食事を食べ続けた人間から、その幸せの記憶が失われることはないって」

　大家族でテーブルを囲むような生活を、俺は送ったことがなかった。だが、地域のボランティアのおばちゃんたちが運営していた、貧困家庭の子供を救う活動で、子供食堂というものがあり、そこで時々ありつけた食事のことを、まざまざと思い出した。

それから、昔招かれた家で食べたすき焼きのことも。

温かくて栄養が考えられた食事。俺はその食事で腹を満たされただけじゃない。誰かと食事をする喜びを知ったんだ。

「美佐子さんが作った食事は、だから、消えてなくなったわけじゃないですよ。あなたがプリンひとつに涙した、その記憶ごと、息子さんたちの中に残っている」

「そうね」

美佐子の目に涙が盛り上がる。

俺は荷物を持ち、

「それじゃ」

と言って外に出た。

扉が閉まった瞬間に美佐子は泣くだろう。それはもう、誰かに慰《なぐさ》めてもらう必要のない涙だ。

table.8

エプロン男子たち

　年の瀬が迫った冬の日、琴音《ことね》が、頰《ほお》を真っ赤にして飛び込んできた。部活も出ずに、駅から走ってやってきたという。

「見て、見て！」

　カウンターの椅子に飛び乗るや否《いな》や、嬉《うれ》しそうに、スマホで撮った写真を調理場にいた俺と海斗《かいと》に見せた。

　そこには彩《いろど》りも賑やかな小ぶりの弁当箱が映っている。

「いいでしょ？　美味《おい》しそうでしょ？　ミニハンバーグも入れたけどね、メインはこれよ、なんといっても卵焼き！」

「へーえ。美味しくできるようになった？」

「うん。今までは時々焦《こ》げちゃってたけど、今日のは最高だった。色も味も！」

「おめでとう」

俺は自家製の桃シロップをソーダで割ったものをシャンパングラスに入れ、琴音の前に置いた。琴音は目をきょとんと見張る。

「なに、お祝い？」

「ひとりで卵焼きを完璧に焼けた記念日」

「それを言うなら、自立記念日だよ」

琴音は微笑《ほほえ》んで、俺と海斗を交互に見る。

「決めました。あたし、お母さんを諦《あきら》めます」

ソーダの泡が弾ける音がやけに大きく響いた。隣に立つ海斗は、息をするのさえも忘れたように琴音を見つめている。

「いつ、決めた？」

海斗が硬い声で訊《き》く。

「だから、今朝。卵焼きが完璧に焼けたその瞬間」

「母親が帰ってきた時に出して、ぎゃふんと言わせてやりたいんじゃなかったのか？」

そんな話になってたのか。

「そう思ってたけど」

琴音は指先でグラスの縁をなぞる。

「あたし、お母さんが帰ってこなくてもこんなに美味しい卵焼きが焼けるんだ、って思ったら、もういいかなって」

「卵焼きがなんだよ」

珍しく海斗が声を荒げる。

「おまえ、捨てられたんだろ。それでいいのか」

「捨てられたんじゃない」

琴音は妙に大人びた口調で言った。

「さよならをしたの。それだけだよ。もう十分に、あたしは大きくなったから。だから、好きな人のところへ行った。残されたあたしは騒いでやさぐれてみたけど、ちゃんと大きくなってるし、ひとりで卵焼きを焼けるようにも成長してた」

海斗は、幼い頃の自分や妹と琴音を重ねている。調理台に置いた手が、ぐっと強く握りしめられている。

「あのね、言ってなかったけど、ずっと昔にも、お母さん、一度だけ家を出て行こうとしてたことがあるんだあ」

唇を引き結んだ海斗の代わりに俺が訊く。

「いつ？」

「あたしが幼稚園の年長くらいの時。忘れてたけど、思い出した。その日、突然、幼稚園休もって言われて、お母さんとふたりでディズニーランド行ったの。あれこれ遊んでお土産《みやげ》にプーさんの大きなぬいぐるみも買ってくれてさ。楽しかったな」

琴音はカウンターに頬づえをついて、にこにこと笑う。その笑顔のまま、彼女は話を続ける。

「その日はやけに優しくて、寝る前もいつもよりたくさんハグしてさ、あたしが寝たあともずっと寝顔を見ている感じだった」

そこで琴音はふと付け足すように。

「あのね、子供って、やばいって空気を敏感に察知するものなんだよ。だから遊び疲れてくたくただったけど、実は寝たフリしただけだったの。寝たフリしなくちゃいけないような気がして」

そのあとも、母親はしばらく琴音を見つめ、髪を撫《な》でたり、頬や額にキスをしたりしたらしい。

ひとしきりそんなことをして、やがて彼女は部屋を出ようとした。琴音は呼び止めた。

「どこ行くのって、確か、訊いたんだな。そしたらお母さん、すっごくびっくりした顔をして戻ってきて、あたしを滅茶苦茶に抱きしめて泣いたの。ごめん、ごめんなさいって、何度も何度も謝りながら」

多分あの時すでに、好きな人がいたんだと思う……琴音は呟《つぶや》いた。

「だからね、もういいことにしたの。あれから、うーんと、八年くらいか。お母さん、我慢してくれたんだよ。だからもう、解放してあげるんだ」

「俺はそんなの、許さない」

海斗が喉《のど》の奥から絞り出すように言う。

「……おまえがかわいそうすぎる」

俺も琴音も、一瞬言葉を失い、海斗を見た。海斗は泣いていた。声も立てず、ただ、見開いた瞳から静かに涙をこぼしている。

「宇和島《うわじま》さん」

琴音は立ち、カウンター越しに海斗の首をかきいだくようにした。

「ありがとう。怒ってくれて。一緒に悲しんでくれて。でもいいの。あたし、卵焼きだけじゃなくて、もっとたくさん料理憶《おぼ》えるの。それで、お嫁に行くまでは、お父さんにもごはんやお弁当作ってあげるんだ」

かわいそうなのは琴音ではなく、海斗なのかもしれないと、俺は思う。もしかしたら、幼い頃別れた妹でさえ、今はかわいそうではないのかもしれない。

海斗だけが、少年の日の心の傷を抱えたまま、大人になりきれず生きている。いなくなった妹を救いたいと願いながら、そこに生きる目的を見いだして、その実、ずっと、自分の居場所を探す迷子のように。

「はい」

俺はソーダの横に、小皿を置く。琴音が目を丸くした。

「なにこれ、煮物？」

「大人な君に、こっちもお祝い。きんちゃく煮ね。あげの中におからとか、椎茸《しいたけ》、ニンジン、鶏肉《とり》、ぎんなん……」

「うわー」

いかにも琴音が苦手そうな和風総菜だ。しかし琴音はしかめっ面《つら》をしたまま、きんちゃくに箸《はし》をつけた。

「……うん。大人な味わいだね」

さまざまなものがぎゅっと詰まり、互いに影響し合っていい味を出す。しかめっ面が緩《ゆる》んで笑顔が戻ってくる。それを見ていた海斗の手からも力が抜け、開いた拳《こぶし》でカウンター越しに琴音の頭をくしゃりとやる。

「あっ、もう大人なのに」

膨《ふく》れながらも琴音は嬉しそうだ。

俺も笑い、真に大人であるはずの俺と海斗のために、とっておきの日本酒を開けることにした。


琴音が帰り、入れ替わるように右京《うきょう》と悠然《ゆうぜん》がやってきた。

「皆さん。お待たせしました」

そう言って悠然はふろしき包みを広げる。

「洋梨のタルトです。今回は、中のカスタードクリームに苦労しました」

「別に待ってねー」

海斗がぼそっと言ったが、悠然は気にする様子もない。海斗が一番食べることは、もうみんなわかっている。

「何が苦労したかと申しますと、もっと甘く、くどくしたいという煩悩《ぼんのう》と、いや健康を重視し甘さは控えめに、できるだけヘルシーにという心の声との葛藤《かっとう》が……」

「もーいいから。冷蔵庫入れとけよ」

俺は言い、海斗と並んで調理場に立つ。日本酒も開けたことだし、つまみになるものをもう何品か作るつもりでいた。隣では海斗がイカの酢みそ和《あ》えとミニステーキを作っている。

「あれー、相馬《そうま》さん。ここにあった椅子は？」

ストーブの前の特等席に一脚だけ置いてあった椅子がなくなっているのに気づいたのは、右京だ。

「お客さんとこ」

「えー、またあげちゃったの？」

右京は呆《あき》れ顔だ。

「相馬さんの椅子ってあれでしょ。普通に買えば一脚三十万くらいしない？」

おお、と悠然が手を叩く。

「ＳＯＵＭＡの椅子。先日デパートの展示会で拝見しましたよ。確かになかなかのお値段がついてましたね」

「いーんだよ」

俺はとっておきの鰹節《かつおぶし》で取った金色の出汁《だし》を味見しながら答える。これで今から鯛《たい》を湯引きして、ポン酢で食う。

「椅子はもっとも適切な場所に嫁に行った」

「もったいなー。俺、あの椅子好きだったのにぃ」

右京がぶつくさ言いながらも、荷物を置き、ギャルソンエプロンを身につける。悠然は割烹着《かっぽうぎ》だ。俺は先日の自分の変装を思い出し、思わず渋面《じゅうめん》になる。

「狭い」

海斗が文句を言った。

悠然は冷蔵庫にタルトをしまい、ついでに鶏肉を出している。深夜に依頼がひとつ入っており、下ごしらえをここですませたい様子だ。右京は右京で、海斗の料理を盗もうとしている。メモを片手に勉強に余念がない。

「うっまー。海斗さん、この肉のソース、何使ったの」

「おろしと醤油《しょうゆ》とスダチ、黒砂糖ひとつまみ」

「黒砂糖！」

男が四人、調理場に立てばきつきつだ。誰も出ようとせず、座ろうとせず、それでも微妙に心地よい調和を保っている。

電話が鳴る。俺は狭い調理場に未練を残しつつ、カウンターの奥にある固定電話を取りに行く。

「はい。〝エデン〟です――」

これはエデンの専用回線だ。初回利用者は、まずこの電話にかけてくる。

依頼を受けている間、男たちは静かになる。それでも調理場では、リズミカルな包丁の音と、湯を沸かす音が、絶えずに響いているのだった。

※この作品はフィクションです。実在の人物・団体・事件などにはいっさい関係ありません。

集英社オレンジ文庫をお買い上げいただき、ありがとうございます。
ご意見・ご感想をお待ちしております。

● あて先
〒101-8050　東京都千代田区一ツ橋2-5-10
集英社オレンジ文庫編集部 気付
山本　瑤先生

エプロン男子

今晩、出張シェフがうかがいます

集英社
オレンジ文庫

2017年4月25日　第1刷発行

著　者　山本　瑤
発行者　北畠輝幸
発行所　株式会社集英社
〒101-8050東京都千代田区一ツ橋2-5-10
電話【編集部】03-3230-6352
【読者係】03-3230-6080
【販売部】03-3230-6393（書店専用）
印刷所　凸版印刷株式会社

※定価はカバーに表示してあります

ISBN 978-4-08-680129-4 C0193